太阳挂在树梢上

武夫安 著

新疆美术摄影出版社
新疆电子音像出版社

图书在版编目(CIP)数据

太阳挂在树梢上／武夫安著.—乌鲁木齐:新疆
美术摄影出版社:新疆电子音像出版社,2010.2
ISBN 978-7-5469-0684-3

Ⅰ.太… Ⅱ.①武… Ⅲ.①散文－作品集－中国－
当代 Ⅳ.I267

中国版本图书馆 CIP 数据核字(2010)第 028874 号

太阳挂在树梢上

作　　者	武夫安	
责任编辑	文　昊	
责任校对	王峪台	
书籍设计	王江林	
出版发行	新疆美术摄影出版社	
	新疆电子音像出版社	
地　　址	乌鲁木齐市经济技术开发区科技园路 5 号	
邮　　编	830026	
总 经 销	新华书店	
印　　刷	三河市燕春印务有限公司	
开　　本	700 mm×1 000 mm　1/32	
印　　张	12	
字　　数	115 千字	
版　　次	2010 年 3 月第 1 版	
印　　次	2017 年 9 月第 2 次印刷	
书　　号	ISBN 978-7-5469-0684-3	
定　　价	35.80 元	

距离之美

孙继泉

我两次去过新疆。

2004年参加全国报纸副刊研究会年会，在新疆逗留了20天，基本上走遍了北疆。2008年，又借着一次会议的机会，只身奔赴新疆，短暂的会议结束后，武夫安陪着我，历时半个多月，沿塔克拉玛干大沙漠走了一圈儿，算是游历了南疆。至今回想起来，那些令人激动的情景、让人惊叹的物事仍然历历在目：雪峰下一眼难以望穿的金黄葵田令人目眩。去喀纳斯的路上，草原上空盘旋的黑精灵似的苍鹰；夜宿天山，松涛阵阵，繁星闪烁。我们坐在草地上，喝酒谈天，吃清炖羊肉。在奇台林场，品尝荨麻、野芹菜；在库尔勒喝当地出产的名叫“土茅台”的62度烈酒，大醉；在博斯腾湖裸泳；在罗布人村寨吃红柳烤鱼、馕坑烤全羊；穿过边防站到距离边境几十公里的温宿县神木园游览。神木园落了一地的甘美野杏。下车即可闻到醇香的沙枣花。在喀什喝石榴酒。游喀什老城。在和田逛玉石商店。去玉龙喀什河采玉，空手而回。探访核桃树王、无花果王。到维族村托万阿热勒村采访。通过沙漠公路穿越塔克拉玛干大沙漠。大漠落日。在豪华大巴上，每走一段，我们都探起身来彼此对望一下，相视无语。奥运前夕，火车站不出售站台票，为了送我上车，武夫安买了一张去吐鲁番的车票一起进站，帮我放好行李，然后捏着那张去吐鲁番的车票出站……

每一次去，武夫安都对我说：好好看看，多写点东西。我却写的不多。2004年北疆之行写了一组《西行散记》（载2005年7月26日《人民日报》），2008年南疆之行写了一篇《和田访玉》（载2008年9月4日《人民日报》）。南疆之旅出发前，武夫安本来是想和我合写一本书的，说已经列入某出版社的出版计划。从南疆回来之后，我却没有写。我若写，顶多写一系列南疆景物以及沿途观感，我写不出它的文化背景和生存状态，写不出深度。因为我对新疆的了解是表面的、肤浅的，仅仅停留在"新鲜"的表层。

　　而在新疆生活了20多年的武夫安，此时已经进入了创作的高峰期。2007年至2008年，新疆美术摄影出版社和新疆电子音像出版社联合推出了一套印刷精美、装帧考究的"新疆人文地理丛书"，全套12册，仅武夫安就写了三本，分别是：《新疆故事》《新疆探险记》和《新疆奥秘》。在疆期间，每到一处，必不可少的是逛当地的书店，武夫安的书总是摆在书店最显眼的位置，而且被排成好看的螺旋状，最先吸引大家的目光。

　　其实，在进疆之初，武夫安写的不是新疆，而是他的远在鲁南山区的家乡，即便是写兵团的，写绿洲的，写着写着还是联想到了家乡的人事——《那山　那水　那人》《村庄里的一些事情》《无事可干的人》《秋天的感觉》《许多年以前的村庄》《憨发》《太阳挂在树梢上》《金唢呐银唢呐》《平原号子》《玉米使者》《树戏》《哑蛙》……那个时候，我在武夫安老家山东省邹城市的《邹城市报》编副刊，每有新作，我总是他的第一个读者。由于远离了乡土，他笔下的往事变得异常生动，平日熟视无睹的事物突然间焕发了迷人的光彩，往昔一个普普通通的乡人却让他牵肠挂肚寝食不安。也许是距离产生了美，是他的脚印变成了诗行，是昨日的苦难酿成了今天的美酒。

　　……二十多年了。村庄在他的视野里渐行渐远，而一个全新的新疆在时时浸泡着他，感染着他，触动着他，歌舞新疆、瓜果新疆、辽阔新疆、维语新疆一点点渗入他的内心，溶入他的血液，敲击他的骨髓。不同的文化,不同的思维,不同的理念在相互碰撞、融触、分化,在灵魂深处发生着不易觉察的嬗变。有两个细节可以看出武夫安对新疆生活的融入和自如。2004年,活动结束后,武夫安陪我们从乌鲁木齐去五家渠,到他曾经工作、生活过的团场看一看。班车上,我们邻座的一个小伙子手里捏着一把锃亮的刀子,一会儿从鞘里抽出来,一会儿插进去,我看了很害怕,又不敢作声。武夫安大概看出了我的表情,他温和地从小伙子手里要过那把刀子,用手指肚试了试刀刃,说:这刀子不错啊!接着问从哪儿买的,多少钱?那小伙子一一作了回答,然后将刀子放进包中。这时,我的怕意才完全消除。后来武夫安告诉我,在新疆买一把刀子,和在内地买一只指甲剪一个钥匙扣差不多,因为在新疆人的日常生活中是离不了刀子的。2008年,我和武夫安乘班车由阿克苏地区温宿县城出发赴距边境几十公里的神木园,汽车经过边防检查站,来到边境小镇土木秀克,这时候,满车的维族乘客陆续下光了,坐车的只剩下我们俩。车上还有司机以及乘务员——一个典型的维族乡村姑娘。这儿离神木园还有十多公里,车子停在镇上不走了。姑娘和司机在用维语嘀咕着什么,而后那姑娘跳下车不见了。街上没有人。我心里又紧张起来,他们不会是打我们的主意吧?我问武夫安:你会维语吗?武夫安没有作声,却用汉语与司机攀谈起来,问刚才那个漂亮妹妹是你的妻子啊还是你妹子?停了一下,那司机漫不经心地用磕磕巴巴叫我们勉强能听懂的汉语说:不是妻子,也不是妹子。她是老板,我是打工的。武夫安接着问:那姑娘干什么去了?司机说:就你们俩去神木园,开大车过去不划算,车子从这儿要返回县城,她去叫出租车送你们去神木园。

就是这种紧紧相拥,使武夫安一点点了解了新疆,理解了新疆,爱上了新疆。由于是外来者,他与新疆又有着很大的空间距离,他能从远处、从高处俯视新疆、体察新疆。于是,近年,他的一大批描写新疆的篇章接连出现在《人民日报》《星星》《绿洲》《绿风》《西部》《新疆日报》等全国各大报刊上。

那年春节，武夫安回老家山东邹城过年，我们聊了很多。我知道，他的长篇报告文学《洒满阳光的新疆》和他的长篇散文《我的温泉河》问世了；他的长篇小说《国家校正》已经进入最后修改阶段；他的长篇小说《玉王》投入创作阶段……

　　送别时，望着武夫安远去的背影，这样两句古诗忽然跃入我的脑海：天高任鸟飞，海阔凭鱼跃。新疆足够大了，武夫安你就在这里阔步行走吧！你就在广阔的内心世界里信马由缰自由驰骋吧！

目　录

第一辑:正午的阳光

太阳挂在树梢上

一

我眼前常常出现这样的场景，正午了，太阳挂在树梢上。天非常的蓝，云也非常的白，蝉在七月的日头下发泄似的嚎叫。日子平淡得就像这挂在树梢上的太阳，除了火辣辣的彻心透腹的热之外，再没有什么声色了。

佳佳伏在离我不远的一颗苹果树下，静静地看着我，而我看着我手里的书。佳佳温顺可爱，从不离我左右，它听话而且通灵性，我看书或睡觉时它守护着果园和瓜田，从不失职。

佳佳是一条我养了多年的狗，它一直陪我种植着一份属于我的土地，陪我读书和写诗。那些岁月平淡而充实，就像种子播进泥土，期望种在心里。我种的庄稼可以养活我全家，写的诗滋润了我的幻想和希望。

"有地能打粮，人勤有饭吃。"天一亮，我就和佳佳一块儿下地，带上娘做的煎饼和剥得白白净净的大葱当午饭，开始了一天的劳作。有时锄草，有时施肥或打药，每样活计我都做得仔仔细细，就像写诗一样，从整体意境到语句构成我总是认认真真的不敢大意，因为一不留神就要毁了几株秧苗，这就直接影响到我餐桌上的质量和数量。

那年春天，我像写诗一样突发奇想在自家地里种西瓜。村里人，除了栽芋头(红薯)、点果子(花生)、种棒子(玉米)和小麦之外，从不种任何经济作物，因此他们在惊奇地观望我的举动。从瓜种子种进地里的那天开始，我便每天都要到瓜地干活，放苗、压秧、整枝。在我的精心呵护下，西瓜秧一天天舒展手臂，并握紧了一个个绿色的小拳头，给我及村人报以惊喜。

该搭瓜棚看瓜了。瓜棚是用从河滩上砍来的杨树和割来的苇子精心搭成的,遮风、避日、挡雨。晚上,银盘似的月亮升起来,照亮我的瓜地,也照亮了我不尽的心思。瓜地里一有"沙沙"的响动声,佳佳便大声叫喊着跑过去,往往是一只青蛙跳过,并无其他。直到我大声将佳佳训几句,它才摇摇尾巴停止叫喊,那场景有点像鲁迅笔下闰土看瓜的情景。

瓜熟了,摘一些放在路边,卖给行路的人。当路人发现路边有瓜可买时,那份惊喜劲儿,不亚于我第一次发现瓜蕾时那份激动。一刀下去,鲜红的液体像血一样冒出来,我也分享这一块块幸福的果实。用舌头舔了一下嘴角,甜。心里更甜。整个夏天,我浸泡在西瓜的汁液里,像西瓜不可分割的一部分。

后来想起那段日子,生活的真实,生活的美好是无法比拟了。

二

七月是果子和芋头锄第二遍草的季节。

锄是这个季节的当家农具,长长的杆在接近锄刃的地方,恰到好处地弯了一个弓,不弯腰便可使用。锄刃用上好的钢材经铁匠打制而成,下几次地便被泥土磨得闪闪发亮。锄在庄稼的株距和行距间游弋如蛇,既锄掉了田里的杂草又疏松了土地。汗水像山泉从身上各个毛孔里冒出来,在正午的阳光下闪闪烁烁。佳佳蹲在地头的一棵枣树下,望着我的一招一式,有时向我摇摇尾巴,像是在请我去乘凉。走进地头的树阴下,双手捧起装满绿豆茶的陶瓷罐,"咕嘟!咕嘟!"饮起来,全身的疲倦、燥热便荡然无存了。然后,站在自家的地头撒一泡尿,便有了肥水不流外人田的感觉。

那时,我从来没有感到过劳累,总有一股用不完的劲儿,白日里忙活着农活,夜里秉灯写诗。

我觉得生活就是诗。

"立了秋,挂锄钩",农谚是庄稼人永远的经典。立秋了,天虽然继续热,但草木不长了,各种庄稼也不再疯长,即使再小的草也开始结籽。一串串红辣椒,开始爬上农家屋檐下的墙壁,从这时起我便扳指头算着收获的日子,盼着好风好雨好秋景的到来。盼望丰收,是农人一年中最幸福的心事。心中有了盼头,人才有精神,浑身才有了使不完的劲儿。流一身汗,染一身泥土，才觉得自己是地地道道的庄稼人，只有被汗水滋润过的庄稼才更加诚实。

挂在墙上的锄，开始生锈，遮住了往日最生动的部分。怀想锄，便是怀想丰收的永恒情结。就像医生手里的手术刀，割除有炎症的阑尾，生命才更加健壮。而锄能删除土地的荒芜和板结成分，因此，庄稼才能更加旺盛。其实，生活中也要时时删除一些东西，生活才更有色彩。

三

盛夏的正午，村东那条小河，便是劳作之后最好的消暑去处。清清河水缓缓地流动着，细细的白沙在水底清晰可见，不时有白条鱼儿跃出水面，溅一串洁白的浪花让你心跳。这条河发源于沂蒙山腹地，它的名字叫激河，千回百转流经我所居住的村头。无风无雨的日子，任你在过膝深的河水里游弋，水绝不会被搅浑，因为这是由众多山泉汇聚而成的。农谚说："有理的街道，无理的河道"。男人在白天可脱去所有的衣装到河里去尽情沐浴，可以尽情享受阳光和泉水带来的那份清爽和安逸。女人们白天则从不去激河。中午，我常常躺在缓缓流动的河水里，紧闭双目让河水去漫无边际地将我冲向下游。此时只有哗哗的水声入耳，恰似有节奏的音韵沐浴心头，头脑一片空白，什么也不去想，什么也不要想。生活，有时就是无色无味的清淡和沉寂。而这种清淡和沉寂之美，是我后来再也没有品尝到的。也许这是我生活的绝版，任凭我后来如何去精心复制都成了赝品。

后来那条河里发生的故事，是我永远也忘不掉的，在我沉寂平淡的生活中涌起了不小的波澜。那天中午，太阳火辣辣地挂在树梢上，我依旧和佳佳去激河里洗澡，由于疲劳，我在水里闭目养神，尽情地让河水去冲洗，让缓缓流动的河水将我漂游。忽然间，听到佳佳嚎叫起来，我猛地睁开眼睛还没有反应过来，便被一个大浪掀翻，一下子把我冲出了两米多远。我挣扎了几次想站起来，都失败了。我意识到了我的处境，上游刚下过暴雨，山洪奔涌而下，我感到了绝望。蒙眬中，有人拉住了我的胳膊拼命往外拽，几经周折，我靠近了河边的一棵杨树，紧紧将树抱住，定睛看时，佳佳在浪尖上起伏着，转眼间消失得无影无踪。

后来，我在下游十几公里外的河边树林里找到了佳佳的尸体。我将佳佳埋在了一棵苹果树下，再后来那棵苹果树年年枝繁叶茂，硕果累累。

多少年过去了，从故乡到异乡，从乡村到机关。我重复着上班下班，坐在办公桌前看文件或阅报纸的简单动作，碰到同事相互一笑，问声"你好！"你真的好吗？毫无意义地重复如机械的钟摆，麻木的心态，麻木的人群。好久都没有让我感动的事情发生了，这时我便想起了村居的日子，想起了温柔可爱的佳佳。

真实的季节

一

我喜欢到田野走走看看，闻闻泥土的气息和各种庄稼的味儿，因为这些东西带给我的永远是清新和悦目。在我的印象里，春天的花草，夏天的庄稼，秋天的果实，永远都是诗歌经典。味不减、色不褪，永远都那么真实地感动着我。我离开农场多年，总觉得土地与耕作的人有着千丝万缕的关系。

我是一个土地的背叛者，从离开山东老家以来我就有这种感觉，并且与日俱增，越发促使我渴望接近土地。那年机关各部门下基层蹲点包村抓生产，虽然我生在农村，长在农村，对于农业生产和农技知识，我却知之甚微，这给我提供了一个到乡间走走的好机会。

走在田野与田野间的小路上，便有坦坦荡荡的轻松感，深深地呼吸几口空气，注视着这一望无际的绿色，你定会感到生活的美好。此刻你大吼一声，也会在庄稼与庄稼之间引发碰撞，因为这世界太安宁太祥和了，这绿色太柔美太纯粹了，你会觉得这世间的一切都会与你连在一起，都是你生命中不可分割的一部分。你不是诗人，此刻你却明白了诗是怎样写出来的,诗人是怎样诞生的。

在这片准噶尔盆地南缘的绿洲上,棉海、瓜田会让你乐不思蜀,忘却归路。这个季节,香甜的哈密瓜已经成熟,远远就闻到了它的香甜味。这里的人们给这片土地起了一个富有诗意的名字——香甜绿洲。不错,这里的哈密瓜早已远销到世界各地,订单农业使农民走上了富裕之路。哈密瓜也由传统的种植模式转移到科技种植上,上市期比过去提前了一个月。哈密瓜的品种,也由原来的几个品种发展到目前的上百个品种。每年哈密瓜成熟的季节,天南地北的客商云集于此,将这甜蜜的快乐传播到各地。

二

在绿树成阴的乡村里行走,你会有一种久违了的亲切和轻松感觉,一种家园的眷念之情便油然而生了。无论认识还是不认识的村民,都会微笑着同你打招呼,请你到家里坐坐。他们的热情和真诚是不打折扣的,这是他们的质朴所决定的。他们有心与你交谈,把他们的苦恼、快乐讲给你,或者给你发一些生活中的牢骚,然后又不好意思地表白自己说的太多了,这就是农民的质朴所在,真诚所在。这个季节,农家小院里各种蔬菜爬满了架,丝瓜、葡萄布满了小院的上空,一幅立体的家园风情画便展现在了你的面前。

这个季节的西部绿洲,像个走不动的孕妇,脸上闪耀着幸福的微笑,等待分娩的幸福时刻。收获的心情,是在蜜糖的汁液中浸泡过的。随着棉花收获的日子一天天临近,这里便开始热闹起来,成千上万亩的优质棉,需要大量的人手采摘,于是就出现了候鸟一样的季节工。一到棉花采摘的季节他们就来,采摘结束后同样带着一份喜悦回家。在新疆,每年有几十万来自内地的"棉客子",成为西部绿洲金秋时节又一道风景线。

三

黄昏时分的村庄,淹没在袅袅的炊烟之中。无风的日子,农家的炊烟直直地升上了天,在小村的上空环绕,久久不肯散去。这时,我喜欢走在通往小村的路上,悠然地观望着炊烟平淡、祥和的形态和神韵,一幅平安富裕的风俗画便摆在了面前。此刻，我便理解了人们常说的"人间烟火"的真正内涵。我记得小时候，家里不是闹旱灾就是闹蝗灾，村人温饱成了问题，有的人家几天都不做一顿饭，我家也一样。有一次，娘把从姥姥家背来的红薯叶子，洗干净用刀剁碎，放些水和盐就上锅煮了，父亲把辣椒用石窝子捣成辣椒酱。吃饭的时候，红薯叶子伴辣椒酱吃，那香味、那口感，是我终生难忘的。后来我吃过的山珍海味，却再也没有找到当初那种喷香的感觉。那年，我在自家的小院里种了几颗红薯，到了秋天，我特意让妻子摘了一些新鲜的红薯叶子，按照当年的做法做好，还特意放了些鲜红的辣椒酱，看上去绿红相间，颜色鲜艳，可一入口却难以下咽，一盘被我当年视作人间美味的菜，冷落在了餐桌上。

这些年来，我一直在心里检点自己，提醒自己。我是农民，是土地养育了我，我的根是植于泥土之中的，从心理到行为发生着某些背叛土地的意识，这是我最不安的事情。

农民的感觉

一

对于土地我是有特殊感情的，这种感情源于我骨子里生来就有的农民成份，也许就是城里人所说的"土腥味"或"土气"吧！

尽管走进机关工作也有些年头了，但西装革履也掩盖不了我的"土腥味"，也正是这些"土腥味"，使我一直保持着农民朴实的本色，毕竟我的根深深扎进土地里。

今春，机关各部门下基层蹲点抓春耕生产。动员大会开过后，我便去了我所挂钩的单位。因为我喜欢与农民交往，喜欢到田野走走，喜欢闻一闻那刚犁过的泥土散发出来的新鲜味，听拖拉机轰轰隆隆地犁地的声音，看农民播撒种子的全过程。

"春播一粒籽,秋打万担粮"。这个季节,是西部绿洲农家最繁忙也是最热闹的季节。天一亮,人们便三五成群的下地去,播种一年的希望。落实了第二轮土地承包的农民们,总喜欢你帮我,我帮你的集体劳作,这是因为人们的心胸就像绿洲一样宽阔坦荡,平日里东邻西舍的,有什么磕磕碰碰或韭菜叶儿宽窄的不愉快,这时便是梳理感情的最佳时机,而另一个促使他们自动联合的原因是,天山南北的这些绿洲上,土地地块比较大,大则一块上千亩,小则百多亩,机械化作业程度高,科技含量高,便于管理和经营。

在田边地头悄悄地观看或一起参与他们的劳动,是一件幸福的事情。这里是新疆长绒棉的产地之一。当我置身田间手持铁锹,跟随播种机盖土压膜,既有紧张之感又有激动之情。转眼间,一望无际的黄土便着上了银装,在暖暖的阳光照耀下闪闪发光。忙里偷闲,我会直直腰板,挺挺胸膛,用手当做遮光罩往远处望一会儿。听机声轰鸣,看播种机离你还有多远,或蹲下去用手扒开地膜数一数下种的数量,然后拍拍手上的土,满意地笑了。

盼望播种,是一个季节的美丽心事。播种,是一个季节最有诗意的日子。我在这心事和诗意之间品味着生活的枝枝叶叶,我充实的每一天都是因为有了耕作和播种。因为播种,我觉得生活色彩斑斓,绚丽多彩。

我是农民,身上流着农民的血,只有面对土地我才觉得能够诚实和执着,任何一位农民是不会对土地撒谎的。而对土地撒谎的后果,也是可想而知的。我至今记得在老家农村时,父亲对我说的话。那年春天,是我从中学毕业的第二年,借高考来"鲤鱼跳农门"的梦破灭后,万念俱灰,我也曾无数次的恨那片生我养我的土地。偏僻、穷苦、落后,所有的梦都破灭了,随家人去地里挖地、施肥,我没有任何兴趣。因为偷懒,我挖的土地浅,施的肥也少,庄稼出苗后又黄又瘦,到了秋天,果实不饱满而且产量低。父亲满脸严肃地说:"人哄地一时,地哄人一年。你春天挖地、施肥时,我就看到了,只是没有吭气,现在你自己看看吧!你会慢慢的明白这个理儿。其实做人跟种地一样,关键是要诚实。咱庄稼人离不开土地,土地是咱的命根子,无论啥时都不能欺骗它呀！”

父亲这一课，给我的人生之路开了一扇绿色之门。从此，我对土地的感情也日益浓厚，热爱土地，热爱农事，热爱生活。

二

双手扶着铁锹，静静地望着嫩嫩的棉苗，听着渠水潺潺流响，棉苗在渠水的滋润下焕发出勃勃生机，我心中便有了一种莫名其妙的激动。仿佛听到了棉苗拔节的声音，这种声音感觉像是在自己骨子里发出来的，是在血液的滋润中茁壮起来的，生命的旺盛和生活的美好，此时得到了充分的展示。

其实，人生就像一棵庄稼生长的全过程，从寻找一片适应发芽的土壤，然后艰难地发芽、成长、成熟，因为水、阳光、土壤的份额程度不同，也就造成了无数庄稼的成色各异。人生亦如此。无论在什么样的状态下生存，无论有何样的结局，这些都不是最重要的。重要的是过程，是受着各种条件的制约或各种因素辅助。人生若有一棵庄稼生长时的状态，也便走进了一种大有大无的人生境界。

怀想一棵庄稼，热爱一棵庄稼，是我一生中永恒的精神滋补和生命营养。

有时候坐在自家的小书房里，静静地想一些身前身后事，不知不觉自己便发笑起来。这可笑之人可笑之事不是别人，而是自己和自己这些年来的行为。

那年中学毕业时，少年的烦恼和狂妄，给我带来了不安分的思想。对土地、对庄稼的叛逆意识达到了极点，当时最好的选择方法，就是逃离家园，去寻找一种飘渺的海市蜃楼。我曾无数次的构筑过自己的未来——作家、诗人、编辑、记者……。为了这一幼稚可笑的梦，我孤身一人来到新疆，种过地、开过拖拉机。进了机关，从事文字工作，曾一度为此自豪。记得那天晚上，我从一位主管宣传的领导家里出来，竟得意忘形地跳了起来，从地上捡起了一颗石子随手扔出去，正巧打在别人家玻璃上，然后拔腿就跑，站在马路中间撒了一泡尿，学了几声狼叫，当时我觉得我是最幸福的人,我的梦就要实现了。现在回过头来再品味这些经历,觉得自己只是一株土地上的干瘪的庄稼,被收割者遗忘在深秋的田野里。机关的同事看我是农民,农民说我是坐机关的干部,在农民和干部之间,我究竟是谁?也许连我自己也说不清楚。这就是我怀想庄稼热爱庄稼的根源。

因为庄稼能感觉到土地的心跳,而我又能感觉到庄稼的心跳。

俺姥爷的唢呐

嗒哩哩……哩哩……啦!

小小的唢呐,浓缩了乡村起起伏伏的情节,讲述着乡村悲悲喜喜的故事……

俺姥爷是鲁中南地区出了名的唢呐手。据说,俺奶奶就是因为喜欢听俺姥爷吹奏的唢呐,才和姥爷相爱结婚的。姥爷靠唢呐养活了一个七口之家,唢呐给姥爷开辟了属于他自己的洞天,这是他的自豪也是他的遗憾。因为唢呐和唢呐引出的故事,姥爷和祖爷爷闹翻了。祖爷爷是晚清时的秀才,祖爷爷对儒家所推崇的"三纲五常""三教九流"的思想崇拜得五体投地。姥爷在祖爷爷眼里,是块不能成方圆的朽木,姥爷也读过"四书""五经",要不是废除了科举制度,姥爷也许还能考取个功名。没想到阴差阳错,他和唢呐结下了不解之缘。姥爷的思想比较开放,读书之余悄悄跟人学吹唢呐,等祖爷爷发现时,姥爷已经把唢呐吹奏到炉火纯青的地步了。后来他因与其他唢呐班子对擂时一口气吹下了三个唢呐手,且能一次吹奏四支唢呐(嘴里两个,两个鼻孔各一个)而名噪鲁中南地区方圆百里。这时,他已和俺奶奶偷偷相爱了。在祖爷爷眼里,姥爷是大逆不道的不肖子孙,他召集族人来阻止俺姥爷吹奏唢呐和私自订婚。那是1909年,姥爷便带上俺奶奶南下广州投奔孙中山先生,后来参加了1911年4月27日的辛亥革命……。辛亥革命失败后的次年，俺姥爷和奶奶带着仅有三岁的大伯回到了村里。此时祖爷爷已经老了，时不时地念叨着："乱了！乱了！这世道，怪哉！怪哉！造孽啊……"祖爷爷不让姥爷进门，说权当没有这个儿子，姥爷在一间破草房里安了家。后来索性和村里的唢呐班子，搭伙干起了吹奏唢呐的营生……

鲁中南地区的唢呐如果在哪个村里响起，细心的人可以听出村里是喜事还是丧事。方圆百里谁家只要婚丧嫁娶，都要请唢呐班子来吹奏一番，以示隆重和主人家的社会地位。喜事和丧事吹奏的曲调、曲目各有千秋，娶亲或嫁女时吹奏的是吉祥喜庆调，如:《百鸟朝凤》《喜盈门》等。唢呐班吹奏时来回走动，围着送亲、迎亲的队伍吹奏。而丧事则不同，曲调悲悲凄凄，催人泪下，吹奏时只能慢慢的向前走，不能回头，因为人死不能复活……无论是喜事还是丧事，唢呐班子里的人是不能进入主人家堂屋（正房)的，即使冬天也只能在院子里摆上一张桌子，几条凳子，点一堆火。唢呐班子只能算下九流，人也下贱，不能辱没了主人家的财气、灵气。吹奏完了，主人家付了工钱，唢呐班子也就完成了一次营生……

不知什么原因，姥爷并没有把吹奏唢呐的技艺传给大伯、父亲和叔叔们，只是在他去世前的两年，教大哥吹奏了几支曲子，把那支伴了他一辈子的唢呐传给了大哥……但很少听到大哥吹奏唢呐。

日子，一天比一天过的紧巴，大哥快到30岁了还没有娶亲成家。有一天，俺放学回家发现父母都默不作声，没有人告诉我家里发生了什么事。天黑以后，父亲让我去叫大哥回家吃饭，一出村便听到一阵唢呐声从村外的山坡传来，凄凄惨惨的曲调在晚风中飘荡，扣人心弦，那种苦闷和压抑的感觉叫人透不过气来，走近以后才发现是大哥。后来听说，大哥喜欢的女人远嫁他乡了，因为我家拿不出钱给姑娘的母亲治病……那是俺第一次听大哥吹奏唢呐。

离开老家之后，由于工作忙我一直没有回去，也很少写信，只是偶尔在年节时寄点钱，家里也很少来信。那年春节，大哥破天荒地给俺打了一个电话，说，不要再给家里寄钱了，家里啥都有。他这几年办了一家陶瓷厂，生产工艺美术陶瓷品，主要是出口。他还说我小时候总是缠着他吹唢呐，一直没有答应过，现在就给我吹："嗒哩哩……哩哩……啦……"欢快的《百鸟朝凤》唢呐曲从电话里隐隐约约传来……

嗒哩哩……哩哩……啦！

村 戏

我离开小村远行去了。

村戏离小村远去了。

在小村的夏季或冬季的某个傍晚，偶尔能听到村戏悲悲凄凄的曲调，在晚风中时隐时现，恍如隔世……

村戏，是小村里的人叫起来的，把它的原名"花鼓戏"或"柳琴戏"慢慢地淡忘了。村戏的伴奏主要是琵琶、梆子、鼓，兼或有二胡、笛子之类，唱腔高亢、粗犷、凄凉，它流传于我的故乡鲁中南地区。村中的男女老小，都能哼上几句"柳琴戏"。村里有一个民间戏班，传统戏有《大花园》《铡美案》《赶考》《换妻》等几十个剧目。每年秋收后场光地净时，村戏便开始紧锣密鼓地上演了。天黑以后，土戏台上的汽灯亮了，娃儿们搬上椅子、凳子，跑去为自家人占位子。虽然还是那些老掉牙的剧目，人们却依然看得津津有味，从头到尾一场不落。有时，台上演员把台词唱错了或忘记了，台下便有人提示，然后爆出一阵笑声。村里人大部分都是武家姓氏，所以上台唱戏的少不了自家爷们儿搭档。侄子有时在戏中成了大爷、叔叔的长辈，台下便笑成一片。当然戏散了，依然一本正经，规矩、方圆还是老体统。

听爷爷讲，早些年我们家乡不是洪灾，就是蝗灾，经常闹饥荒。于是武氏族人的长者，便从鲁南地区请来了一位姓黄的师傅教唱戏，让叔叔、大爷们学会唱戏后，以唱戏养家糊口，学一手逃荒要饭的手艺。

小时候，在夏天的晚上，我跟父亲出去乘凉，经常听到涩涩的琵琶声伴随凄凉的唱腔，在夜空中回荡——又有谁家闹饥荒了。果然，过不了几天，便有几个结伙成群的村民带上锣鼓、琵琶，到他乡唱戏去了。

村戏，浓缩了父老乡亲的辛酸和泪水……村戏是小村的"光荣史"，它喂养了父老乡亲可怜的梦想。

日子一年年平平淡淡地过着，村戏一年年凄凄惨惨地唱着，终于，村戏忽然又名声大震。那年，县里要组织文艺调演，公社要组织一个代表队，这可难坏了公社的头头脑脑们。不知谁突发奇想，要让我村的"花鼓戏"班子代表公社去县里参加调演。谢了顶的公社文化站长，骑着一辆破旧的自行车来到村里指导排练。站长听了几场戏觉得还可以，但说就是戏的剧目太老，要换新的。当时正赶上分责任田，承包到户，文化站长连夜写了一个反映农村改革的小剧本排练。戏班里的人大部分年龄偏大且文化不高，排练只得靠站长一句句的教。经过一个月的紧张排练，戏班子在全县的文艺调演中夺得了第一名。于是，小村沸腾了一阵子，这是村戏第一次辉煌也是最后一次。

随着岁月的流逝，戏班子里的老人大部分都去了，有了饭吃的年轻后生们也不再愿意学戏……我背井离乡后常常想起村戏，想起戏班子里那些人，想起戏里戏外那些凄惨的故事……

我听过许多名角唱的戏，看过许多名剧团演的戏，但我最想听的还是村戏。今年夏天，我回山东老家时曾问过戏班子的事，家里人告诉我早就没有人唱戏了，也没有人愿意再听村戏。小村已看不出原来的模样，土戏台子长满了野草，村边的小路变成宽宽的柏油路，一排排商品房拔地而起……

凄凉的琵琶声远去了。

村戏远去了。

那嘈杂的舞步声，吵得人难以入眠。

平 原 号 子

田家少闲月，五月人倍忙。
夜来南风起，小麦覆陇黄。
妇姑荷箪食，童稚携壶浆。

——白居易《观刈麦》

　　五月是运河两岸的农家最忙碌的季节，地里的麦子被一夜东南风染黄。晨风里飘着麦香，飘着麦黄杏的酸甜味，飘着运河妹子火辣辣的嬉闹声。这是黑土地沸腾的日子，是农家起早贪黑的日子，是庄稼人一年的好心情在麦场上晾晒的日子。

　　启明星下，朦朦胧胧的曙色里，镰刀与麦子的撞击声音沁人肺腑，麦子在"哧哧"的清脆声中幸福地倒下。天亮时分，手脚麻利的妹子、小伙已整整齐齐地收割了半亩多地的麦子。

　　正午的阳光掺杂着熟透的气息，火辣辣地让人难受，又让人感到久违的亲切、幸福。这也是大平原上人们最向往的季节。一望无际的麦海里，男人女人们像鱼一样游弋其间，紧张而有节奏地忙碌着。在这个季节，外出做生意的、串亲戚的人，全都回来了，回来采撷这一年一度让人陶醉的时光。平原上的人们，都知道"虎口夺粮"的理儿。这个季节，平原上的天气就像孩子的脸，说变就变，老天一旦变脸，至少十天至半月的阴雨连绵。人们集中劳力，请亲戚朋友前来相助。即使亲戚、朋友之间往日里有什么磕磕绊绊，疙疙瘩瘩，此时便是消除隔阂的最好时机。这里人们的心胸，就像大平原一样宽广坦荡，韭菜叶儿大小的事儿从来不往心里去。

　　平原上的土地肥沃、宽阔，哪一户都有几亩或十几亩地的麦子，各家都有一套耕作的农具。在这里骡子特别受宠,大平原上的人们对待骡子,就像对待自家兄弟一样亲。无论从事什么样的劳动,人们都不拿鞭催打骡子,一些人家甚至没有鞭子,骡子从不偷懒,人与骡子公平地活着。正午的时间,正是人们打场的好时光,太阳火辣辣地照着,骡子拉着碌碡在场上打粮,缰绳牵在主人的手里,一圈一圈……当骡子疲倦的时候,人们便扯开嗓门唱起来,确切地说是哼起来,哼着一种无词的曲调"嗷嗷……了了……嗷嗷……"声音恢宏、高亢、悠长,起伏跌宕。平原上人家的麦场连在一起,所以吆喝声也就连成一片,汇集成一种古朴典雅而又飘着泥土味的大合唱,人们叫它"平原号子"。整个季节,"平原号子"穿过庄稼地在平原上空回旋,一种空旷、神秘的力量便在不知不觉中诞生了。

号子的曲调中,有一种让人难以捉摸的东西,在人与人之间、牲口与牲口之间,产生一种共鸣和愉悦。喊号子的人不同,曲调的内涵却大致相同,内行人远远就能听出这号子是谁喊的。在微山县韩庄镇东五里的一个平原小村,一位姓王的庄稼人喊出来的平原号子,能传出五里地之远,站在津浦铁路线的运河铁路大桥上,便能听到他的平原号子……

平原号子的内涵,千百年来无人道破,却被世世代代的人们领会着、延续着,就像平原上的庄稼年年成熟,年年收割……

哑　蛙

麦熟、荷香时节,古老的运河岸,那一望无际的大平原像一位体态丰盈的少妇,挥舞着青纱长裙,仪态万方,展示着成熟的魅力。

这个季节,南方的梅雨像熟透的梅子开始流蜜。这里是南方与北方的临界线,淅淅沥沥的雨一下就是半个月,沟沟壑壑都涨满了水,此时蛙鸣四起,如那远去的鼓角争鸣。刹那间,仿佛古战场又置于你的面前,金戈铁马、金属撞击之声起起伏伏。刚刚出土的庄稼幼苗泡在雨水里，露出嫩黄的小脑袋，一幅水乡泽国的风情画，便摆在你的面前了。往日古老的京杭大运河里，日往夜来穿梭的货船已静静地停泊在运河与微山湖交接处的古渡口，仅有一些勤劳的渔民撑船撒网。习惯了水上生活的渔民晴天雨天一个样，出航打鱼的、划船上学的，依旧将一河碧水拨弄得哗哗作响。大运河进入山东济宁的疆域之后，便汇入了微山湖。抗日战争时期，王强率领的铁道游击队便是凭着微山湖上绿浪、碧荷的天然屏障，战斗在枣庄、峄县、薛城、微山县一带，大长了运河人民的志气，灭了日本鬼子的威风……古运河一出微山湖，河水平缓，无风的日子波浪不惊，两岸绿堤环抱，茂密的洋槐树、白杨树编织出一条绿色长廊，一幅柳浪闻莺的风情画把"苏""鲁"两省隔开，这是由自然与人文来共同完成的景观。

这个季节是青蛙的季节，用蛙鼓连天喧、蛙戏连台唱来形容，一点都不过分。此时的好去处，就是在小雨中漫游古运河，听雨点敲打乌篷船的声音。那日，我们一行数人，租了一条小船从韩庄镇的古渡口顺流而下，撑船的是位六十多岁的老艄公，我们行一路聊一路。我们的兴致浸泡在运河的雨雾里，不知是谁说了一句，运河里的青蛙怎么只鼓肚不发出鸣声来？这一发现引起了我的浓厚兴趣，放眼望去，河里的青蛙果然鼓着肚子在河里游，却没有声音，而两岸却蛙鸣震天。一直摇船的老艄公听到我们的话，便向我们讲述了一个古老的传说——

古时的皇帝，为了把搜刮到的财富从江南运往京都，才挖了这条河。传说挖河之时，官府把沿河两岸十五岁以上的男子都赶上了工地，家里只剩下了孤寡及老、弱、病、残，田里的庄稼荒芜了。接下来的几年，不是闹蝗灾，就是闹洪灾。运河工地的壮汉们因食不果腹，累死、饿死、病死者不计其数。官府催逼挖河进度，丝毫不顾百姓的安危。男人的血、女人的泪，汇集成了这条血泪河。这一带还流传着十烈女泪洗运河的故事：河北岸邓家庄有十个年轻媳妇来吊念自己因挖河而死的丈夫，跪于河岸一哭数日不起，眼泪哭干嗓子哭哑投河自尽变成了青蛙，从此运河里的青蛙便成了哑蛙……

后来，有调皮的后生将运河里的青蛙捉回岸上，便听到了蛙鸣，而将两岸的青蛙放进河里却又变成哑蛙,这是事实。但传说的故事是真是假,至今没有更新的科学解释。

老艄公悠闲地划着船,不时地停下来喂一下船上的几只鸟。通过和老艄公闲聊,我们得知,近年来运河两岸人们依靠运河走上了致富路,过上了好日子。从这里把邹城、枣庄一带的煤炭装船运往南方,再把南方的纺织品、水果等运往北方。如今他老了,水上长途跑不成了,两条大货船给儿子经营了,但在运河上飘了一辈子,还是离不开运河,每日里划划船、钓钓鱼,拨弄着这清清的运河水便是最大的享受了。

离开运河后,我一直在想,等下次再去游览运河的时候,哑蛙还会再哑吗?

玉 米 使 者

穿过嘈杂的市井,走进城市的腹地,金黄的惊喜展示着乡村意象和浓浓的乡土气息,家园的意境由此而深刻。

在城市的边缘,在遥远的山野、谷地,一株株朴实的玉米如默默无言的父兄,生长出自由的叶、杆,结出充盈的果实,营造了一片片温馨的家园……

年年金秋你走来,碰折了城里人惊喜的目光,走出乡村意识而成为信息时代特殊身份的使者。对于你的到来,我感到亲切而辛酸,我知道我不是属于城市的,我骨子里有着玉米的朴实成分。多少年来,我以一株玉米的执着才从鲁中南的乡里漂泊到西域,艰难地发芽、生根,生长出属于自己的风景。

我一直感谢玉米给了我精神的养育和物质的滋补,使我成为一株实实在在的玉米。

一枚枚金黄的熟玉米让着妻子、儿女欢欣，一如我当年在饥饿面前选择玉米一样，儿女在巧克力、泡泡糖面前选择了玉米。儿女们天真可爱地歪头啃着熟玉米的姿势，惹得我一阵心酸，泪盈双眼……

那一年秋天，父亲卧病在床，两个妹妹尚小，全家只靠母亲一人在生产队里劳作养活。一个秋雨绵绵的傍晚，生产队里分玉米，别人家人多力大的，很快就将玉米运回了家。我家既没有运输工具，又没有壮劳力，只靠母亲半麻袋半麻袋地往家里背。我和母亲商议，我们母子用木棍来抬。起初母亲坚决不同意，说我年龄小会压垮了身体，可是母亲经不住我死磨硬缠终于同意了。当十几岁的我抬起一麻袋鲜玉米的时候，感觉就不像说话那么容易了，一步一个趔趄，在泥泞的田间小道上一步一滑地向前走，地下留下了一行小而深的脚印……没走几步，一不小心我便滑倒在泥巴窝里，玉米倒了一地，爬起来一身泥水，别提有多狼狈了。当我擦了一把脸上的泥水回头看时，发现母亲的泪水伴着雨水从脸上流下来。我很少看到母亲流泪，在多少个贫穷的日子里，母亲总是默默地支撑着这个家，一分一分地攒钱为父亲治病，一口口地省下粮食养育我和两个妹妹。

母亲多像一株玉米啊！从泥土上爬起来的我又倔强地抬起玉米，可心里晴了一片天。我是家里的男子汉，我要撑起这个家……

我骨子里含着玉米的成分，玉米的精神滋生了我许多不安分的遐思。离开玉米地到异乡流浪的日子，我总是以拥有玉米的经历而度过许多煎熬的日子……

又是一个秋雨绵绵的日子。我满腹疲惫、漫无目的地走在异域都市的水泥路上，任凭雨水打湿我的头发、衣服，不知何处是我停靠的驿站。街上行人稀稀疏疏，一对对情人相拥在多彩的雨伞下，窃窃私语着，是秋雨赐给了他们良机。我回头望了望，光滑的水泥路上映出了不清晰的影子，却找不到自己一丝的脚印，我失望了，也许我注定不是属于城市的。乡下的泥泞路上，留下了让我难忘的深深脚印，一股酸楚的东西从心灵深处涌上来，我强压着没有让它溢出眼眶。

"热苞米！""热苞米！"

楼房前的凉亭，一位乡下老太太的叫卖声传来。我心头一热，一缕缕乡情，一丝丝温暖涌遍全身……今秋我给老家寄去了我的思念。我要回一趟家，好好地吃一顿玉米饭，好好地看一眼生长玉米的那片土地……

妹妹在回信中说："家里好几年不种玉米了，那些玉米地早已种上了果树，它的经济价值远远超过玉米几倍、几十倍。现在，家里吃玉米也要去买。如今母亲老了，时不时念叨起你，念叨你当年抬玉米的情景，说你倔强的性格像一株玉米……"

落雪的冬天

头天还有暖暖的秋阳照着，次日一开门，地上落了厚厚的一层雪，冬天不知不觉地来了。

雪是新疆秋天与冬天的临界线，冷暖分明，干脆利落，把一个玲珑的世界展现在你的面前。于是，你便停掉一切关于秋天的活计，开始扮演冬天的角色。

你蹲在自家丰收后的地头，看着牛羊啃食那些秋天的最后细节，你无法用语言来描述这样的场景，但你喜欢观看牛儿羊儿咀嚼东西的动作，看牛或羊摇尾巴或听"哞哞"的叫声，你觉得自己便有了一种温饱后的兴奋感。感觉很难表达，但实实在在地存在着，是你时时改变着他们，还是他们时时改变着你，总之这一切是你生活中不可分割的一部分。世上的一切事物，只要涂上了感情色彩，便有了生命，比如你的棉田。自从你承包后，你不是想着法儿拉沙改土，就是千方百计地拉运农家肥。你虽然没有多少文化，但是你懂得"庄稼一枝花，全靠肥当家"这个道理。"养地如积金"是你们这一代老军垦人的思维定势，所以在连队你的棉花单产是谁也比不上的。

你买了一群羊，放牧着你的清晨和黄昏。你觉得这群羊是和你连着心的，你能听懂它们的一些语言，你像将军一样吆喝一声，羊们就向你跑来。天苍苍，野茫茫，脆响的羊鞭在雪野上回荡着，脚下的雪"咯叽！咯叽！"的响着，此时你也许会毫无目的的大吼几声，或悠闲地唱上几句秦腔，这是你最好的感情表达方式。

如今，你的棉田像产后的少妇，静悄悄地显示出一种轻松的甜美和安详。你用目光阅读着这无字之书，曾经的丰满之后便是永久的沉默，秋天的故事被厚厚的雪封存了。在你的意识里，却剪辑成了一幅幅永不褪色的画页。牧羊时，你吸着莫合烟慢慢的品味，就像吃饱后卧在地边的牛，再重新咀嚼自己收获的情节。

你对土地的感情，是常人能理解而不愿意去做的，你会在春播前不厌其烦地去垫平低凹的地角或挖走一片含碱层；你会在浇水前重整一下本来将就着可以用但是有些弯曲的水渠，甚至你会锄掉离你棉田还有一定距离的几株骆驼刺，有些劳作也许是徒劳无益的，但你总是认认真真去做。你觉得这是属于你的天空，属于你的土地，属于你的羊群，你也是他们不可分割的一部分，就像庄稼与土地，羊群与草场的关系。

收获的农场人，对冬天的感觉是富足后的安逸和闲暇后的不知所措。冬天是你思维空间的休闲地，你会幸福地享受着每一个早晨和黄昏，心情和目光总是懒洋洋的品味着一些什么，你会看着自家的鸽群"咕咕！"的叫着，抖动翅膀飞向天空的全过程。

一个人的冬天是平淡而祥和的。

回 家 过 年

很想回家过年。

没有想到，这一想就是十年。尽管每次出差也曾借道回家，逗留几日，然后再匆匆上路，回家过年却仅仅成了我一个美好的心愿。每到春节便有此想法，却因各种原因而无法成行。因此，回家过年的路一直显得很遥远。

2006年较忙，一家出版社一次与我签约了两本书，同时还要应付多家报刊的约稿。南京《金陵晚报》社的陈东编辑，多次约我为其栏目写个连载，终因事务太多而一再搁浅。后来，仅为其写了十几篇零碎的文章作了一个应付。我一直欠着南方的几家杂志社的稿债，人家一再催促，我也只好能应付则应付，能兑现则兑现。看来，今年回家过年的想法又要落空了。

然而，让我没有想到的是，岁末两本书顺利地给出版社交了稿，几家报刊的约稿也分别打着折扣交了一些。所有的事务到了春节前，突然有了一个令人满意的段落。于是，回家过年的想法就像家乡野外初春萌动的小草，又泛起在心头。一旦心头长了心事，感觉总是毛毛的，一种割舍不下的东西上窜下跳，心里只想着回家了。我做事向来犹豫不决，这次却果断地关掉电脑，匆匆下楼买票回家过年。

临近春节，乌鲁木齐至山东的车票早已售完。我也只好买了半路的卧铺车票，上车再补。于是，我携妻带女于2月12日，匆匆登上了乌鲁木齐至济南的1086次列车。

车上人很多，嘈嘈杂杂地全是急着回家过年的人。听着熙熙攘攘的乡音，却有一种久违的亲切感。

心里想着踏上了这趟车，就等于走近了故乡的一半。上了车就给好友发短信："我回来了，有时间接车吗？"我的这位朋友叫孙继泉，近年来在中国散文界奠定了自己的地位，其散文作品频频出现在中国文坛的主流刊物上。听说我要回来，他兴奋的心情从短信中就可以看出："有！一定有，到时间咱好好拉拉（说话），好好喝喝！"

我乘坐的这趟列车，是一列绿皮车，因为车票便宜，大部分乘客为返乡的民工。这种列车晚点，也就是意料之中的事了。

果然，五十多个小时后列车才到站，晚点近两个小时，孙继泉接上我时，已经是晚上23时了。此时，在内地已经是夜深人静了，讨扰了老友我很是抱歉。继泉告诉我："李总（文彬）还在宾馆等候。"这让我更为感动。文彬是写小说和戏剧的，其剧作在全国公演，其小说文笔辛辣、练达，甚有影响。其人稳重厚道,深蕴鲁邹儒家之风范,堪为兄长中之典范。听说他还在等候,我心里热乎乎的。我是这片土地上走出的,撕扯着我的不仅仅是这片热土,更为重要的是乡情、亲情和老友之间的那种无障无碍放眼千里的手足情。

事实上,人到中年,回家过年就是一个寻找亲情、友情的过程。我一年到头在外,忙忙碌碌,事务陈杂、零乱,尽管有了一定的收获,可是失去的却是关于"情"的温暖和关爱。

梳理一份情感,维护一种友谊,就像在初春的麦地里,施上一把肥,抑或弯腰拔掉一棵刚刚泛青的野草。其行为是情理之中的,其收获却是意料之外的。那种油然而生的幸福,让我这颗多年来漂着的心有了久未感受到的温暖。

一句话,一个表情,一个动作。在自然、和谐、真诚中流淌着窖藏着的韵味,我用心去品尝、去感受……

还有什么能比一坛陈年的老酒更能吸引人的嗅觉呢?还有什么能比在岁月的奠基中日渐拉长的情谊更耐人品读的?

回家过年,是漂泊者驶近港湾时的那份温馨。

回家过年,是无疆的行者接过父兄递来笑容时的那份满足。

回家过年,是亲情、友谊萌生的春天。

第二辑：村庄的日子

村庄里的一些事情

——我的村庄之一

一棵槐树活到老很自然,植树的人早已作古,植树人的子孙像这棵古槐树的叶子也一茬茬地黄了,又一茬茬地绿。植树的人,没曾想自己种植了一个村庄。

这棵槐树是否庆幸过有什么能比活着更重要?有什么能比这千年的岁月更长久? 活着,成了大自然的一个符号抑或古诗里的韵脚,古老而鲜活。

村庄是什么年代形成的,没有人能知道。村庄里的这棵古槐树据考证已有两千年了,村里人有理由相信植树的人就是这个村庄的开村祖先。槐树是家园的象征,虽然老态龙钟了,年年春天依然开着素雅的白色小花,淡淡的清香飘逸在村庄的上空。

槐花又称槐米,是珍贵的中药材,可是村里人从来不采摘这棵槐树上的花来卖钱。老槐树已成了祖先的象征,受到了一村人的尊重、关爱。逢年过节,总有人将红色的布条挂在树梢上,将一些上等的果品供在树下,求老槐树保佑一村人的平安,风调雨顺。村庄上的人们没有多大的祈求,只希望年年粮食满仓,遇上太平盛世,老百姓过日子平安就是福。

村庄上的人们一代代平静、真实地生活着,像这棵千年的古槐,多数人健康长寿。

我在这个村庄里在这里出生、成长,曾经生活了二十年。在村庄里生活的那些日子,我觉得世界就那么大,几百户人家,近千口人生活在那片土地上。年年、月月,风平树静,倒也有声有色,别有一重洞天。那些日子里,我从来没有想过要离开村庄到外地谋生。

村庄小，自有小的妙处。在村西头能听到村东头的狗叫，如果村庄里来了陌生人，想干点什么坏事，各家的狗儿便会向全村人叫喊"贼来了"。村西头的鸡打鸣了，居住在村东头的人就能分辨出谁家的公鸡在打鸣，谁家的母鸡在下蛋。大事小事一村人都盯着、看着，一家人的事就是一村人的事。村庄是一村人的家，庄稼人靠天吃饭，看天做事，一村人的心事跟一家人一样，春天种什么？秋天收割什么？什么季节该做什么样的农活，应该用什么样的农具？ 一村人是不约而同的，也是祖祖辈辈约定俗成的。

村庄上的民风淳朴，村人憨厚。村庄上的一家人有事情便牵动整个一村人，比如谁家要建房子、垒墙了，谁家要嫁女、娶亲了，村庄上的人们便自觉地前去帮忙，从来没人要过工钱。建房子的人家从打地基、砌墙到房子封顶，整个一套工序都是村里人你帮我，我帮你，没有人跟你讨价还价。村里人把请人为自家干活叫做"帮忙"，帮忙的人也会把别人家的事当自家的事一样认真去做。如果真的有人偷奸耍滑，一村人的口水也会把你淹死。活干完了，便各奔东西，无论是帮忙的人还是主人家并不觉得谁欠了谁什么，因为一家人的事情就是一村人的事，这一点多少年来丝毫没有人怀疑过、动摇过。

直到有一天，一个不安分的人，在外面走南闯北混了几年，回来后打破了村庄的宁静。这个曾经的庄稼人，回村不种庄稼，无论干什么都要雇人，请人帮忙每次都付工钱。村庄里的人先是不理解，然后像悟出了什么。

村庄的变化是由这个人引起的，从此，村庄上的人们变得自己不认识自己了，不变的是千年古槐树，依然年年飘荡着淡淡的芳香。

无事可干的人

——我的村庄之二

我在村庄生活的二十年中，至少有两三年的时间无事可干，无学可上，无书可读，无话可说，无钱可花。这种无聊，来自于我内心的落寞和无助。

我是一个很懒惰的人，"好吃懒做"就属于我们这类人的"专利"。无学可上的日子，并不是真的无书可读，我总是找一个理由为自己开脱，无钱买书，借书又怕看别人脸色，不如不读，这点学问够了，至少在村庄里也算是个"知识分子"，有时不免有些"半瓶醋"的自豪感。无学可上也不坐下来读书，家里人想让我到地里干些农活。但是，没人直接支使我，听到更多的是，地里的活如何如何的紧张，村南的地该锄了，家北的菜园该浇水了。我听懂了家人的意思，每次却总是装作听不懂。这时如果家中的任何成员像吆喝一头小牲口一样，吆喝我一声去干什么活的话，我也会懒洋洋地跟着走，可是从来没有人这样做，也就越发使我的懒惰成为症结，在村子里我成了出了名的"懒熊"。我经常在村子里胡溜达，到河边瞎转悠，到山野里乱跑。每天看看日出，数数日落，日子过得平平淡淡，内心里却是波浪起伏。无助、无奈、无目的、狂想、梦呓困扰着我，看似平静，实际上内心里一直寻找着什么？磨合着什么？酝酿着什么？只是无从说起，更无从做起。

我常到离村子十几里路的镇上，去找我的朋友、同学，喝喝酒，聊聊文学，这成了我的一大嗜好。那时候，我的一位老师名叫贾庆斌，在镇上写"镇志"，他的一些爱好文学的学生都愿意找他聊文学、人生什么的。那时候，大家都日子贫穷，生活平淡，每每聚到一起倒也觉得有滋有味。于是，我们每逢周末的下午聚一次,这些文友中有瑞月、茅庵、张开喜等人,其中有写小说的,有写散文的,也有摆弄诗歌的。大家在一起品茗、神聊、猛侃,现在想起来也觉得特别过瘾。那时,我对于文学的理解处于一种漂渺的云雾之中,对于自己当时写出来的文字有一种肤浅的自豪和自命不凡。现在回头看看那些文字,几乎算不上什么文学作品,可那段日子在我后来的写作生涯中成了永恒的基石。后来,我开始发现自己有些厌倦了,于是产生了一种想出去走走的念头,不能就这么平平淡淡地活着。没有更多的喜悦和兴奋,找点痛苦和磨难也行!

于是,我只身去了遥远的新疆。从此,村庄里少了一个"懒熊"。

想起一个人

——我的村庄之三

一个渴望健康的人死了。

死去的留下许多遗憾,活着的发出许多的感慨。两年后,我在读一期文学作品专版时,又想起了一个人,一个我熟悉又陌生的名字——徐瑞月,一个与一棵小草,一朵小花抑或一把泥土为伍的名字。

他是一位很英俊潇洒的小伙子,他的潇洒来源于他的聪明、精干和勤奋。他是一位农民的儿子,他是一位老师又是一位诗人,他的诗清新而富有哲理,他把对土地、讲台的理解和热爱,深刻而具体地浸透在他的诗歌里。

我和他交往甚密的时间,是我无事可干的那段日子。那时,他也在家里当农民,认真地种着地,读着书,写着诗。他长我几岁,我便称他为兄,我们的交往缘于诗,缘于一个共同的梦。凑巧的是,我所居村庄和他居住的村庄仅有一河之隔,远不过二里路,只是没有桥直通,车行要绕一截子路。

夏天的正午抑或秋日的午后,我会趟水过河去看他,在他家里我俩一聊就什么都忘了,有时候聊到屋子里完全暗了,这才发现天已经黑了。有一次我去他家时,天气晴朗,根本没有下雨的迹象,就在我俩不知不觉的交谈中,天空突然下了一场大暴雨,山洪暴发,河水涨了,拦住了我的归路,我们也就干脆来了个彻夜长谈。

我不去看他的时候,他就涉水过河来看我,来时手里拿着他写的诗或正在读的某一本书。我们的交往清淡如水,但情谊比酒还醇香、绵甜。他的勤奋不久便有了回报,镇里招聘小学老师,他便以优异的成绩走上了讲台。他一边教书育人,一边写诗,后来又到大学里进修,他用执着、勤奋编织着属于自己的风景。

不久,我也离开了我所生活的村庄,去圆我自己的梦,我们便失去了长谈的机会。后来断断续续通过几封信,但信总是不如人意,大家只是彼此写一些客套话。

最后一次见到他,是在一个夏天。那时,我在新疆兵团的一个农场里做宣传工作,第一次回老家省亲,本想去看他,不想他被学校选派去进修。无巧不成书,他搭乘一辆货车去上学的路上,我们刹那间相遇了。他在车上大声喊着我的名字,并向我挥了挥手,然而车没有停,匆匆而过了,但我永远记住了他挥舞着的长长的手臂。

瑞月兄死于突如其来的一场疾病。瑞月兄,您走的时候,是否已圆了您那个长久的梦?或者说,距离那个梦还有多远?我记得您说过,不要把结果看到太重要,重要的是过程,与其追求结果,不如好好享受过程。

瑞月兄,您对过程的理解是一首永恒的诗。

秋天的感觉

——我的村庄之四

还有什么比伴着果实的香味和各种成熟庄稼的气息入眠更幸福的呢？秋天的这种幸福感染着许多人，把这种幸福浸泡在心里像陈年的酒，醇香会弥漫在一年中所有的日子里。

我在村庄里生活的那段岁月，这种实实在在的感觉，足够我一生享用。一个农民的心事，在秋天的田野里毫无遮拦地展示着、叙说着，那种彻心透腹的感觉是无法比拟的。

满山遍野的枣儿红了，挂满树梢，拥挤着、喧闹着，丝毫没有谦虚和虚伪的成分，千古绝唱总是那么朗朗上口，无论朗诵者是谁其结果都是一样。高高的枣树上，绿叶丛中红红的枣儿摇摇曳曳，一阵风过总是掠走缕缕的香甜，几颗调皮的枣儿，"噼里啪啦"地掉在地上。

成熟的事物同样值得炫耀，而无半点的虚荣。

收获枣儿，是人们最喜欢做的的活儿之一。每年农历八月十五前后，人们总会拿着长长的杆子，高高地扬起来，打向枣树。在强烈的震动中，枣树像下了一场红雨，让无斗笠的婆娘和无雨衣的孩童有惊无险地叫喊嬉戏，让汗水和甘甜搅合在一起，别有一番况味。

这个季节，鲁中南山区的花生也该成熟收获了，各家都在自家的地头搭上一个小棚子守望秋天。将收获的枣儿和花生都晾晒在山坡上，直到完全干了，才运回家里。每年这个时节，各家都有人守夜看场，将小马灯挂在临时搭起的棚子的木桩上，静静地照着四野。伴着微弱的灯光，我曾守过几次夜，守过几次丰收的感觉。夜静得可以听到自己的心跳，听着山涧的小溪流水的声音,闻着四处飘荡着各种果子成熟的况味,我进入了梦乡。那种感觉,我不知道身居世外桃源的陶翁是否也有此感受,我想渊明兄世外桃源不过是一介文人愤世嫉俗的一个梦而已。而属于我的,是一个好风好雨好秋景的风俗画,我在作画我亦在画中行。

时过境迁,多少年后我在天山脚下的绿洲上,也同样感受着这令人心旷神怡的收获气息。我曾无数次的去绿洲深处的人家采访、作客,让我感受到的是参与收获比直接拥有果实,更有一重让人品味不够的洞天。

路边的事情

——我的村庄之五

路,像一根根长长的藤将一个个村庄连串成葡萄串,好似无意间生长出来的,自然而得体。路又是无数个村庄派出来的,一条路的生机与一个个村庄的兴衰连在一起。村庄里发生的事,被过路的人胡乱地扔在了路边。

路边剩下的事情,便被生长在路边的茶馆捡起来,放在茶壶里泡酽了无数的日月,喂饱了无数过客的疲倦。路边的茶馆是什么时间诞生的,没有人去考究,但自从有了路边的茶馆,路便有了色彩,有了无数个落地生根的民谣和无数个鲜活的故事情节。

南来的商旅,北往的商贾,只要一下马或下车、下轿,便自有茶馆的小伙计跑上前来招呼您,拴上你的马,或停妥当你的车或轿,泡上一壶您要想喝的茶,似乎对您很熟。其实不然。第一次来的您,也许有一种温馨的亲切感,不用您张口说话,要什么茶小伙计都能如您的愿。只要您一到茶馆,小伙计就知道您是南方人还是北方客,是商人、农夫、官宦、差役还是文人骚客。因此,您要喝什么也就心知肚明了,茶馆里的伙计"茶言观色"的功夫非同一般。南方人喝红茶，北方人饮青茶，商人农夫喝大碗茶，官宦、文人骚客品功夫茶。他们的生活，影响着他们饮什么茶。喝茶的种类不同，所用的器皿也有所不同，同为饮茶，其内涵却有着异曲同工之妙。文人骚客在茶馆，更多的则是借品茗而品诗作赋打发时光，官宦之人则是借饮茶而体察民情，此二者旨意不在"喝"而在"品"，品生活之甘味，品风土民情之朴实，品世道兴衰、炎凉之况味。而商人是借茶馆歇歇脚，以解腹中之干渴，大碗凉茶三五碗"咕嘟！咕嘟！"地一气喝下，浑身便透出了几丝舒坦、安逸，焕发出一种妙不可言的精神头。这类人是为"喝"，解渴是当务之急，因为有个"商"字闹心，喝完之后便匆匆上路了。农夫一年中的闲散时日甚少，忙时农活不可误，也只有火急火燎的喝完便上路了。因此，茶馆虽小，也容纳了"三教九流"的各色之士，无论是久留的高谈阔论之雅士，还是匆匆而过的商人、农夫，都留下了他们的方言俚语和大千世界纷纷扰扰的故事和民谣。

这些故事被剩在茶馆里，一天天的泡涨，一天天的演绎，人世间一些剩下的事情又被重新捡了起来。

许多年以前的村庄

——我的村庄之六

许多年前的村庄住在我的记忆里。

许多年前的村庄住在我的童年里。

到沟里捉蟹，去河里摸鱼或到树林里掏鸟蛋，每次都有童年的许多惊喜和无穷乐趣。我的故乡在鲁中南山区，一条叫着激河的水系发源于沂蒙山的腹地流经我所居住的村头，河内过膝深的水流清澈见底且常年不断，缓缓的水里游弋着无数的白条鱼儿,让你惊喜又让你无奈。河两岸密密麻麻的丛林里,生长着茂密的杨树和柳树及杂草,一但走进去,几步之遥便不见了人影,只能听到各种鸟鸣。我和伙伴们经常蹲在丛林里静悄悄地观察着鸟儿的动向,以便让它引我们走向它的巢穴。这些鸟类都特别聪明,看到有人在它的巢外打转转,等无人注意时才飞回巢中,所以我们每次都是先隐藏起来观察鸟们的动向。每次放学后总是先摸一些鸟蛋,再拔一些猪草满载而归。有时则是去河边或沟里,抓鱼、虾、蟮、蟹之类。沟里常年有水,有水的地方自然就有鱼虾。我们一般三五个小伙伴结伙成群,先在沟里打坝,然后一盆盆地将拦坝内的水泼出去,等大伙都有些累了,这时沟里的水也基本上干了,便有鱼儿跃出来,于是我们便七手八脚喊着闹着抓起鱼来。如果遇到好的水口,各种鱼虾总能抓上两水桶。最有意思的则是分鱼,大伙看着劳动果实打心眼里高兴,每次分鱼都是年龄稍大点的伙伴,把鱼按人头平均分开,分完后将鱼份排好顺序,拔几根芦苇叶子按长短排列进行抽签。端着满盆子鱼虾回家,尽管脸上身上全是泥巴的痕迹,还是又唱又跳,劳累也就不知不觉消除了。路上免不了要碰上本村的叔叔、大爷、婶子们,他们总要叫住我们看一下我们的胜利果实,然后便说这帮泥猴真能干!听到了他们的夸奖,我们就像老师给打了100分一样高兴。

暑假更是我们的天下。有时,我们上山去摘龙眼果(一种生长在山顶石缝间的野果,颜色、形状像草莓,枝叶上有刺),或去寻找野鸡蛋。到处都是绿油油的农田和一行行的枣树,花香、草香、果香、鸟鸣和潺潺的山泉水声……

我的童年差不多就是在这样的环境中度过的,故乡的山山水水不仅养育了我一副健壮的身板,而且给了我许许多多的精神滋补,山的性格水的情怀使我终身受益匪浅。

中学毕业以后,我就离开了青山绿水的村庄,工作生活在遥远的大西北,而对于故乡山水的那份恋情,却与日俱增。

许多年以后我带着妻子、女儿回到了小村庄,一路上我给女儿讲述着我童年摸鱼、抓蟹的故事。女儿像听着一个关于丛林的童话很是入迷,真想一步到家,让我带她去抓鱼、摸蟹。

然而许多年前的村庄，找不见了。

许多年前的村庄，在许多年后长大了。

茅草房变成商住楼、营业大厅，泥泞道变成宽阔平坦的柏油路……

然而，长大的村庄，是砍倒了许多年前的树林，卖掉了许多年前河床上淤积的沙子长大的……没有了树林，也再听不到鸟鸣。

卖掉了沙子，河床像被挖掉双乳的母性，裸露出来的是干渴和枯黄……

于是，河里、沟里再没了水，没有了水也就没有了鱼。

面对女儿纯真的目光，我的真诚成了无法弥补的谎言，我无法掩盖我的尴尬。怎样回答女儿？怎样回答许多年后的子孙？

我更无法知道，许多年后的村庄又将会是什么样子？

憨　发

——我的村庄之七

憨发其实并不憨。

憨发的文才很好，高中毕业后经常写写文章，只给自己看，从来不拿出去发表，因为他是地主的儿子，他不敢。有时把一些荤味很浓的笑话写成了民谣，成为那个时期村里人的"精神营养"。一些年轻的后生们放了工总是围着他转，抄录一些他的最新"作品"，一时憨发成了村里的名人。

在我们村里，按辈分我得管憨发叫叔，因为他的一些顺口溜，村人皆知，就连我们这些七八岁的孩子也经常戏弄他，见了他就直呼"憨发"。其实，憨发并不是他的本名，因为长相憨厚，平时少言寡语，偶尔说几句让人肉麻的顺口溜，让人觉得他诚实的外表里面裹着不安分的因素，又因他的乳名叫发，于是，便有好事村民在发字前面加了个"憨"字，"憨发"由此而得名。憨发家住在村里那棵连老人也说不清年龄的古槐树旁,两间茅草屋住着他和他年迈的娘。因为他家里是地主,又从小失去了爹,经常受到小同伴的戏弄,什么地主狗崽子之类的话,几乎伴随了他的整个童年、青年时期。本来聪明好动的憨发,后来变得沉默寡言,再后来就变得荤话连篇了。对于他的变化,在我后来分析不外乎这么几点:一个人从童年到青年,在没有父爱、没有同龄人交流,听到的、看到的只是戏弄或谩骂,沉默孤僻是正常的。而发展到后来荤话满天飞,我则认为是一颗心灵受到大环境的压抑而扭曲、变态。憨发由少言寡语到后来的让人肉麻之"民谣"的四处传播,这是心灵变态后的一种发泄方式。

他家院子里的那株千年古槐的树阴,完全遮住了他家整个院子。农闲时或收工之后,憨发很少出门,在小屋里或古槐树下看书,或闷闷想着一些心事。有时听到锣鼓响就得马上爬起来一边穿褂子,一边提鞋,一边急匆匆往外跑,这是村里在集合地主、坏分子之类召开批斗会或学习会什么的。

憨发家穷的叮当响,憨发都四十岁了还没有讨上老婆。在夏夜,闷热让人难耐,不时地听到一阵阵悲悲凄凄的笛子或二胡声,在晚饭中隐隐约约地传来,扣人心弦。这时,平日里戏弄过憨发的一些人开始后悔了。憨发太孤独了,他的孤独是一个时代强加给他的呀!夏夜的月光皎洁如水,从古槐树的枝丫间筛进的月光下,隐约看到古槐树下有人在吹笛或拉二胡,不用问人们都知道这是憨发。

日子一天比一天过的紧巴,渐渐地温饱都成了问题。那年冬天,天特别的冷,憨发娘连病带饿地去了……后来,人们发现憨发连那肉麻的笑话都讲不出来了,一天到晚又变得少言寡语起来。

憨发成了呆子。

第二年秋天,憨发卖掉了几十斤地瓜干,买了一些连过年都吃不上的东西和一瓶农药,吃完便喝下了那瓶农药走了……后来有人说,那天之后的一场秋风中,古槐树叶子一下子就落光了。

再后来,许多年又过去了。

再后来,古槐树又葱茏起来了。

古槐树旁的茅草屋没有了,取而代之的是拔地而起的商品房,一群在古槐树下嬉戏的孩子，谁也不知道有位叫懋发的爷爷曾在这里住过。

许多年前的一些事情，就像被土地磨得又亮又秃的犁铧，生动而又不具体了。

桂　瑶

——我的村庄之八

桂瑶是个不修边幅的中年男人。

桂瑶是个不服输的硬汉子。

不服输又有什么用呢？输了就是输了。

与桂瑶一个班的一个同学，学习成绩没有桂瑶好，却读了清华大学，后来成了一位大人物。而桂瑶还是桂瑶，一个老娘和一个弟弟相依为命，兄弟俩都过了三十岁连老婆都没有讨上。因为桂瑶是地主的儿子。

在没有上成大学的日子里，桂瑶的心里仍然充满希望。他像有先知似的，总认为成分论是暂时的，"面包和牛奶总会有的"。读清华大学的同学给桂瑶寄来了大学的教材，桂瑶白天到生产队里参加劳动，晚上看书学习。正常在校生四年的课程，桂瑶仅用一年半的时间，就能把所有课本的每一句话都倒背如流。由于那个时代没有什么书可读，桂瑶能将635页的《新华字典》，从第一页说明到最后一页的化学元素表一字不漏的全部背下来，哪一个字在那一页有多少个音，多少个解释，他都能背出来，比现在的电脑查询的还要快。那时，正赶上大跃进的高潮，背"老三篇"、背《毛泽东选集》是任何人也比不上了。因此，他多次获得了"学毛选积极分子"的光荣称号，因此他也免受了许多批斗。他对马列主义毛泽东思想的哲学观有过深入的研究，有一次他口出狂言说，文化大革命是暂时的，因此被批斗了好几天。

八十年代中期,村里的果园和土地要公开承包。土地按人口承包,如果要果园则多给一份。村里人都知道,苹果栽了十几年,一个苹果也没有结出来,两亩果园折合成一亩地谁也不愿意承包。桂瑶看在眼里,喜在心里,机会来了,他没有和弟弟商量就承包了十几亩果园,弟弟为此和他打闹了一场。经过精心的管理,两年后,年纯收入达到四五万元,他家成了村里第一个万元户。

后来,他带领村里的后生们到鲁南地区去承包果园,每年把几十万元的收入带回村里。

桂瑶就是桂瑶。

桂瑶从来不认输。

师 恩 永 远

——我的村庄之九

你的收获还那样少吗

你的付出还那样多吗

……

我不喜欢唱歌,起缘于我的破锣嗓子,且五音不全。也从未留意去欣赏什么"MTV",也很少有什么歌曲能够打动我。然而,在偶然听到这首叫《祝你平安》的歌曲之后,却能够入耳不忘,因为这首歌使我想起来一个人,一个对我人生、事业产生过较大影响的人。这个人就是斌,斌是我的老师也是我的好友。

斌是在那场历史玩笑中成长起来的人,用他们那代人的话说是"被耽误的一代"。斌很有才华,他的散文写的很优美,很有韵味,朴实的文风淡淡叙说着他苦难的人生经历和不懈的追求。斌有两大追求,一是教书育人,二是文学创作,他是用现代文化人的思维模式来界定他的"一种人生活法",努力写作精心育人。他曾说,天底下最崇高的事业之一是教书育人,二是文学创作,他将选择其一。在我的印象里他对文学创作的热情,远远超过对教书育人的志趣。那时,我丝毫都不怀疑他能成为名作家、大诗人。时至今日,我没有读到他的更多的文学作品,而他的学生却桃李满天下,他的教学论文屡屡获奖,在我的母校他成了最有教学成就的老师之一。他的选择是如何改变的,我不得而知。

我就读的中学是鲁中南地区的一所联办中学,当时斌是我的语文老师。我特别喜欢读课外书籍(特别是小说),当时校方并不赞成学生读课外书,如果发现学生在晨读时间或自习课上读小说不但没收书籍,还要在全校大会上通报批评。一天的晚自习课上,我在偷读《三国演义》,读到入神处,有人拨弄了我一下,我以为是同桌做小动作,头也没抬便说了一句:"小子老实点!"没想到惹得全班哄堂大笑。我抬头看时,却见斌站在我的面前,我的脸唰一下红了,同学们的目光盯着我,尴尬之余心想这下可闯大祸了。斌从我的课桌洞里拿出了那本厚厚的《三国演义》,微笑着走上了讲台,我吓得不敢抬头看斌。"同学们,在晨读、自习课上,大家多读一点课外书是大有益处的,武韵同学带了个好头是值得表扬的……"斌的话音刚落,便有同学喊了一声"理解万岁"。从此,我读中外名著的热情更高涨了起来。

斌读到好书总是向我们推荐,好的中短篇小说他便在自习课时朗读让我们听。斌总是鼓励同学们多读多写,未来的作家、诗人将从我们中间产生……

斌很随和,课余时同学们都愿意与斌聊一聊读书的感想,他也乐此不疲。一天晚自习课后,斌约我们几个去他家做客。我在斌的家里看到的是,三间草屋已经很旧,屋内仅有几件简单的生活用具,谈不上什么家具,只是书多得惊人,那是我第一次见到有人藏那么多的书。斌向我介绍这些书,向我推荐的第一本书就是《杨朔散文选》,我压根儿不知道散文是一种什么样的文体。后来细细读来，却陶醉于杨朔先生创作的一个又一个的意境之中。在斌的家里，让我惊讶的是一本报纸的剪贴本上贴着斌写的十几篇文章，尽管这些文章大部分发表在县报上。斌说，他将写下去，将来出版一本散文集，送给大家每人一本。

斌是个名副其实的孩子王，一有时间他就与我们这帮喜欢读书的学生在一起谈这谈那。他组织编辑了一份周报，专发学生的作文，名字叫"百草园"，调动和培养了学生写作的积极性。每当我的文章在周报刊出，那份高兴劲比现在我的作品在报刊上获奖还要高兴几倍。

时至今日，我身居异地工作生活，斌还关注着我，听同学在信中说，每当我的文章在报刊上发表，斌总是很认真的收藏起来……

因为斌是个民办教师，他的工资学校仅发50%，另一半要到责任田里去挣。由于他把主要精力放在了教书育人上，田里的庄稼经常荒芜，所以他一直过着很清贫的日子。后来，听说他很少写文章，更没有写作一本书送给我们，成为作家也只能是一个梦了。他却年年都被市、县、学校评为先进教师，他的学生就像田里的韭菜一茬茬的走上了社会，成为有用之才，而已近不惑之年的他，就连"民办教师"转"公办教师"的那点很可怜的愿望都没有实现，却依旧在那片黑色的沃土上执着地播种希望……

现在细细想起，我们这些遍布九州的学生，不正是他贡献一生精力向社会作的一本本厚书吗？

师恩永远！永远的恩师！

那山那水那人

那山还是那么挺拔、峻秀、空灵。

那水还是那么清澈、灵韵、妩媚。

如今，我只能用思念和想象来构筑你的轮廓，那山的性格，那水的胸怀给予了我撑风挡雨的身躯和灵魂。凤凰山、莲青山、云蒙山三山环绕生长一方人，岁岁年年你像父兄的双肩承担苦难，收割幻想。当你的倔强、执着改变你父兄的保守和卑微，我便背起青春的行囊离你而去，成了地地道道的异乡人。还记得我吗？那山！那山里朴实、憨厚的父老乡亲？

　　新年前夕，山东《邹城市报》的编辑孙继泉先生将一张散发着墨香的报纸寄至我的案头。一缕浓浓的乡情，一丝涩涩的暖流从心头涌上来。多少年了，没有这样的酸楚，久居边塞更多的是孤单，听不到母亲唤乳名的声音；多少花好月圆日，孤鹰与影子相伴，却依然自慰，我是邹城山区走出来闯世界的大汉，而今却挡不住来自故乡一纸飞鸿的软箭，版面上武夫安名字的下面加上了定语"新疆"，难道是母亲惩罚儿子的背叛？

　　我像一只风筝，飞得再高，那根长长的线却永远牵在母亲的手里。一粒漂泊的种子虽然有了生根的土壤，可心中却总思念着孕育他的母体和那浸透乡音乡情的山川、土地。孤独的鹰飞向了遥远，心中总在构思羽毛丰满后回归母亲身边的途径，幻想和回忆成了一桩美丽而忧伤的心事。

　　那年我落榜在家，无助的双眼认不清前方迷茫的路径。痛苦的煎熬，寂寞的心事化作了纸上的断言碎语，在一个不经意的日子，《邹城市报》寄来一份惊喜。从此胸中郁结的苦闷，如山洪暴发似地宣泄出来。我和故乡的十几名文学爱好者成立了"小溪文学社"。为了使这株刚萌芽的幼苗茁壮成长，《邹城市报》副刊编辑王云法多次为我们讲课、改稿，将我们歪歪斜斜的枝丫移植到报纸副刊丛中。离开故土多年，和王老师失去了联系。近日惊悉，吾师王云法已于去年七月去世。最爱护、最关心我的恩师去了，我能说什么呢？说什么都显得那么苍白。

　　凤凰山啊，喂养我的体肤，滋补我的魂魄，茫茫世间我永远记得那山、那水、那人。

第三辑：路上的风景

寻找那片土地

漂泊是一首孤苦的歌,吟出凄凉的荒芜,也唱出寻觅追求的执着。

那年,当沂蒙山的土地生长的干瘪谷物养不起人们的向往,我便背起了青春的行囊开始了流浪生涯。我向往那片生长诗歌的土地。

西部这片生长民谣、生长诗歌的神秘疆土,不像我想像的那么浪漫。我在准噶尔盆地南缘的一零五团,一个叫枣园的绿洲上开始了我的打工生涯。繁重的体力劳动,大西北的烈日风沙,把我瘦弱的身躯浇注成一株戈壁狂风中摇曳的红柳。绿洲的渠水养育了诗歌的灵魂,西部的雄浑粗犷给予了我豁达的性格。我曾在《黑鹰》一诗中写道:

"驼背上流浪的岁月

是十八岁梦的年龄

偏偏错过梅雨季节

绿洲是系人魂魄的魔方

悠悠驼铃年年岁岁

有意无意地撕扯海市蜃楼

缠缠绵绵的唐时风宋时雨

浇注出一方边塞学派

沐浴过一只叫诗人的鹰

孤独的闯入了西部辽阔的疆域

没有回头也没有合群

在戈壁冲刺的姿势

团圆了古人今人的悠梦……

(载《新疆军垦报》1993年7月4日)。

蹉跎岁月收获的是艰辛,同时也收获着诗歌的苦难履历,我感到了充实。七月的戈壁滩是流火的季节,我寻找到了心理平衡的人生坐标,远处的荒漠足迹稀疏,我抑制不住心底的激动大吼大叫起来,空空四野余音悠长,喊过之后顿觉阳刚之气在体内冉冉上升,我觉得自己像个真正的男子汉了,高大了许多,这是我来新疆最大的收获和发现,这种人类自身的原始动力,不是人人都能挖掘发现的!

那年夏天,繁重体力劳动和长期秉灯笔耕,我的身体垮了。医院白色的氛围,围困在狭小的空间,难眠长夜像个囚徒咀嚼星星的光斑,第一次尝到了人生孤独的滋味,从眉头上心头,一股股酸酸的痛楚涌向双目。我一次又一次的告诉自己:"要挺住,你是一条汉子!"我想起了家,鲁中南的那个小村,临行前娘手扶门框静静望着我的情景,泪水打湿了衣衫。娘从面缸里抠出小半碗面粉,放上油和葱花煎出香嫩嫩的葱花饼,喂养我那无知的岁月,我大口吃葱花饼的姿势把娘逗笑了。我品尝着母亲的温馨,感觉到这便是人间美味了。妹妹那贪嘴的目光紧紧盯着我手中的食物,我掰一块递给妹妹的时候,妹妹却摇着羊角小辫跑到街上去玩了……

那颗漂泊的种子终于有了生根的土壤,心中的东西喷涌出来,零零碎碎,被一位乐为他人做嫁衣的编辑将那些似发光又不发光的珠子穿在一起,连成一串推向诗的阵地。这不是诗歌的绝句,但我今生今世都在欣赏。

我以诗歌的方式漂泊、流浪,我将继续耕耘那片人生的乐土。

赶赴心灵之约

那时候我刚从内地飘泊到新疆,在一个连队里当拖拉机手。当时,我最大的愿望就是通过自己的汗水来寻找生存的坐标,圆我那个可怜的文学梦。

我所工作的地方,是一个连队的机械作业点,仅有几户人家居住,拖拉机上全是清一色的光棍汉。我的生活很单调,除了工作就是读书或写作。我很是无聊和落寞,但我那时很能忍受这种清苦和寂寞,没有丝毫的浮躁之感。对待履带式拖拉机和我写作的笔,同样倾注着我浓厚的感情。

你就是那个时候出现的,你是连队刚分来的大学生,是连队的文教。你出现的时候,让这一群在戈壁滩上居住的光棍汉们大饱了眼福。你是在他们粗野的戏闹中,径直走到我面前的。你带来了我的信件,同时也带来我永远的心跳。后来,你知道我在写作,常有一些歪诗短文在报上刊发,你总是比我自己还高兴,早早将这消息告诉我。你读我作品的喜悦之情溢于言表,你像个永远长不大的孩子,好像这些作品就是你写的,好像你在品味享受自己成功的喜悦。此时,我阅读你的心情就像你在阅读我的文章一样,清新悦目而又让我难以心平气静……

我每次到连队里去办事,我们都要聊很久,以至于忘记了时间。从文学到人生,一个永恒的话题,一个没有目标的话题,却聊出了新意来。你从连队到我工作的机务点次数也越来越多。关于我们的传说,在连队里也不知道滋生了多少个版本。你在我心里永远是一首精美的诗,我能脱口而出,可作者不会是我,我作为一位流浪汉那敢有如此奢侈的梦想呢?

曾经有多少个不眠之夜,你长长的辫子在我的眼前晃来晃去,晃得我头晕目眩。

你知道我工作忙,每天繁重的体力劳动累得我像散了架似的,走路都无精打采,你便主动要求为我整理抄写稿件并邮寄。那段时间是我写诗的鼎盛期,你清秀的字迹让我的诗稿在我的心头留香。

一次又一次,我在你明媚的眸子里读到了忧郁和埋怨,但我不敢面对,永不敢去……你将我写的文章一次又一次报到团场机关里,向团机关和连队里的领导多次介绍和推荐我,这是我后来调到机关才知道的。

当我调进团场党委宣传科之后,我终于鼓足了勇气去找你(我知道在此之前,你已调到团部工作)。让你忧怨的目光变的妩媚起来,让你的脸庞灿烂起来。可是,我来晚了。几个月前,你调走了。从此,十年间再没有你的音讯,我曾一次又一次的去打听你的消息,可留给我的是一次又一次的失望。

眼前,挥之不去的总是你那长长的大辫子。

这些年,我的工作也几经变动,早已离开了那个让我产生梦想的地方。现在我在省城的一家杂志社做编辑,每每想起此事,心里总有一些说不出来的自责和内疚,具体我也说不清楚,讲不明白。

十年后,你从一个熟人那里知道了我的联系方式,给我打了一个电话。

你的声音既熟悉,又陌生,你的话语带着埋怨,当时我蒙了。我的联系方式是你几天前去一家电视台时,在一位编辑办公桌的玻璃板下发现的。你说,当时你很肯定地认为那就是我留下的。于是,你悄悄地抄下来。

那张名片是我去年去你居住的那座新兴小城采访时,给电视台的朋友留下的,可是,电话也随着办公地址的迁移而更改了。

难道这是偶然中的必然吗? 还是冥冥之中心灵有个约会呢?

此时我又想起了,当年我曾经写过的一首诗中的几句:"我曾错了一个又一个的花季/四月已不再是我的风景线/转眼之间/一个苜蓿花季又悄悄过去……

拜 问 雕 像

我来的时候,这里已经是一座现代化的城市了。

你来的时候,这里是一望无际的黑戈壁,寸草不生,没有人烟。

这是因为你来的比我早。

我们俩如今在冒着黑油的山上相遇。

可是我们俩却相视无言,因为你是个雕塑。你是一个有着传奇色彩的人,而我是一个现代人,是一个匆匆的过客。

我却自作聪明地认为我们俩都是伟大的人。你的伟大之处就在于将黑油拿去卖钱，用来维持生存，与现在人的西气东输本质上没有多大区别；而我的伟大之处，就在于我把自己写的文字卖成钱来维持生存。

我很羡慕你，因为你来的时候，就你一人把黑油拿去卖。

我来的时候，卖文字的人很多。

你的名字叫赛里木，你是在上个世纪初的1912年来到这里的，咱们相隔了一个世纪。你在这片天地上留下好几个版本的传说，但是每一个传说都很美丽。

传说你弹奏的都它尔乐曲很迷人，在当地人听来那就是天籁之音，正是这曼妙的乐曲，在一个叫着阿依克孜的少女的心里掀起了情窦初开的波澜。于是，无论是黄昏的胡杨林里，还是午后的戈壁滩上，只要有你的都它尔乐曲，就有一个姑娘深邃的目光和潮湿的心境随乐曲飞扬。

时间是夏天煎熬的太阳，岁月是冬天戈壁滩上的冷风，却没有阻断那浪漫故事情节的发展和延深……

年轻力壮、英俊潇洒的赛里木和貌若天仙的阿依克孜，把爱的音符演绎到美妙绝伦的境界。然而，贫穷和陋习就像魔鬼城刮起的阴风，肆无忌惮地践踏着赛里木和阿依克孜情感的天空和草原。

当地有名的千户长，财大气粗，横行乡里。他看上了貌美如花的阿依克孜，强硬的逼婚让阿依克孜的家人屈服在了千户长的淫威之下。阿依克孜清澈如水的眼睛里蓄满了忧伤，赛里木的都它尔也不再悠扬。

于是，赛里木决定带阿依克孜远走高飞，古老的爱情故事在赛里木和阿依克孜身上演绎的淋漓尽致，悲情而浪漫。经过几天几夜的奔走，缺衣少食的赛里木和阿依克孜已经到了穷困潦倒的地步，美丽的阿依克孜高烧不退，生命危在旦夕。

天无绝人之路。在关键时刻，他们被一个好心的哈萨克牧民救起。憨厚淳朴的哈萨克牧民听了他们的爱情故事深受感动，真诚地把他们留了下来，一起放牧，一起打猎，赛里木和哈萨克牧民亲如兄弟。

一次，赛里木独自外出打猎迷失了方向，于是，他凭着感觉和记忆寻找回家的路。然而，当天快黑的时候，赛里木还是没有找到回家的路。最后，他想找一个较高的山岗来辨别回家的方向，当他来到了一座小山上时惊讶地发现,这座山上到处都是黑油泉在咕嘟咕嘟地喷涌着。关于地下黑油的事,赛里木曾经在父辈人讲的故事里听说过,有黑油流淌的地方就是风水宝地。

于是,赛里木决定在这里安家,他将妻子阿依克孜和哈萨克牧民兄弟也一起接了过来。赛里木开始了全新的生活,从此开始了他掏黑油卖钱的生涯。

在西域的历史上,赛里木可能就是第一代"石油人"了。从此,赛里木在这里一住就是四十多年。现在的黑油山,已经成为了克拉玛依的一道风景线。

我和朋友伫立在黑油山上,脚下是喷涌的石油凝结成的沥青板结块。心中有许多的感慨,一座小山包成了中国西部石油的记忆。不远处的克拉玛依市,林立的高楼大厦不亚于沿海开发城市,而这座城市的根,抑或城市的血脉,就是这座黑油山。

优美的传说走进了历史,历史也同样印证着传说的影子。

"小地名黑油山,距省城六百八十里,昔发现油泉甚多,现存仅九泉……"这是著名的地质学家翁文灏在《中国矿产志略》中的详细描述。

见证这一历史的是新中国地质工程师张凯。

1954年春天,张凯与前苏联专家为新中国寻找石油来到了黑油山,当他见到在这里掏油为生的赛里木时,震惊、感慨、激动的心情,后来人是无法想像的。

在黑油山上,我与站立成雕塑的赛里木相遇了。

这是两个时代的相遇。

精河·枸杞

没有人能够告诉我,这条河是从什么时候流到这里来的,许多人都知道这条河有无数的传奇。我很想知道它的源头,天山的支脉婆罗科努山的北麓是否住过神仙?不然,这条河的风脉怎么能够千年不变地让它流过的土地生灵?精河滋润过的土地上,枸杞年年红透了无数的传说。

无数的想像和描摩在我的心里升腾,无数的画面在我的心里形成,在我匆匆忙忙的步履里,我梦呓般地发出了莫名的惊叹,把这条河想像或着比喻成精气十足的河流抑或精神的河流一点都不为过。

沿着一条河,追根溯源,就一定能够找到它的源头,这样的想法和行为在常人看来近乎荒唐。但是,我也曾经不止一次地走过,我的这种痴狂也曾经有过一两次侥幸的成功,走到了这条河的源头。那种成就感,是一种空灵的满足或者是一次灵魂的大餐。尽管多数的时候是被横在前面的一座大山或者是条深不可越的沟壑拦在了面前,我就很知趣地转身返回。

面对一座不可翻越的山,我并不气馁,我的心情就像从山上流下来的河流一样的自然顺畅,有些事物是不可逆转的,就像一座山的走向或着一条河性格,思想的河流也是如此。

然而,这次是不可能了,我可以到达精河的源头,可是我永远也到达不了一条精神河流的源头,就像有些高度是让人叹观止的,比如一座山的高度。然而,山再高,也有可能攀不上去。有些高度是让人看似速缓的,比如这条精神的河流,它的高度是一种境界,一种图腾,一种性格,永远是人们的精神追求。

一条河流从源头到终点打了多个弯,可能有人能数清;然而,一条河流有多少浪花是没有人能够数清楚的。但是,每一朵浪花一定有一个传奇故事,有的故事是沿续至今并且广为流传。

比如,精河在一片缓坡的草原上打了个弯,就成了秦朝末期塞种人的游牧地,生生不息,到了西汉时期又先后成了月氏人和乌孙人的游牧地。

历史是在真实中走过的,就像精河的每一朵浪花。

在精河县,我的思想被这条河缠绕着,一个县因为一条河而得名。同时,又因为这条河又被延伸到了精神、物质和文化的层面实在是叫绝。

比如生长在这片土地上的枸杞子。

枸杞子许多地方都有,而且古来有之,明代医圣李时珍在《本草纲目》中说:"春采枸杞叶,名天精草;夏采花,名长生草;秋采子,名枸杞子;冬采根,明地骨皮。枸杞使气可充,血可补,阳可生,阴可长,火可降,风可祛,有十全之妙用焉。"

"春采枸杞叶",在我童年的生活里,就有着春天到山野里去采食枸杞头的经历。我的家乡的山野里生长着野生枸杞、金银花、蒲公英、紫藤花、葛条(根)等,春天来临的时候我经常去采来,让母亲做菜、熬汤、煮茶。于是,青草的香味、山野的气息,进入了我的口,填饱了我的胃,渗入了我的脾,滋补了我的精气和血性,不过那时候还不知道,我的这种用野草度饥饿的行为,被李时珍写进了《本草纲目》。

刘禹锡也过一首《枸杞井》:"僧房药树依寒井,井有香泉树有灵。翠黛叶生笼石,股红子熟照铜瓶。枝繁本是仙人仗,根老形成瑞犬形。上品功能甘露味,还知一勺可延龄。"

我们是嗅着枸杞子的甘甜,相约走到一起来的。原因是在这片生长枸杞子的土地上,也生长着一位作家。他最先将精河的枸杞子捎给了我们,也捎来了精河的邀约。

枸杞子蕴涵精河之灵,精河之气,成了精河的血性。

我、怀谦和继泉来到这的时侯,正是枸杞红熟的季节。怀谦就职于《人民日报》副刊部,是研究历史文化的,他以历史文化性散文而著称;继泉则以写作植物或农作物作品见长,在全国有了很大的影响;而我则热衷于人文地理,三兄弟在一起像三棵枸杞树,我们文化的根就扎在了大地上,所以我们之于枸杞树,就像枸杞树之于土地,其心情是有些急不可耐的。

这是2009年7月22日17时。

博尔塔拉蒙古自治州文联常务副主席熊红久把我们带到了枸杞子地。

一树、一树的枸杞就这样红红彤彤地展现在了我们面前。枸杞树的枝干看起来更像柳眉细腰的女子，每个枝条都向下垂着，累累的红果在绿叶的陪衬下显得很是妩媚。

远远地望去，枸杞子地一片连着一片，纯粹的红色和绿色在炙热的阳光下交织在一起。这是大自然浑然天成的礼物，精河水孕育着一望无际的绿色和枸杞的肤色。

这是下午四时，正值这一天中最热的时刻，枸杞地里一个人影也没有。枸杞树下，有稀稀拉拉的几个脚印，脚印被踏得实实的像是一个人在一个地方蹲了很久才留下的，脚印旁边是一个筐子留下的印记，那筐子印是长方形的。地上的筐印像筛子眼一样清晰地留在了土质酥松的地面上，这些脚印和筐印，在枸杞地上一直向前延伸着。

我想一定是个中年男人，提来一个用红柳编制的筐子，在这里采摘成熟的枸杞，一会蹲下，一会站起来，一会向前侧身，一会向后侧身，一会左，一会右，脚和筐始终没有动弹。因为枸杞树一棵挨一棵，杆相邻，枝相牵，密密麻麻的果实相簇拥。

从这个采枸杞人留下的脚印和采摘过的枸杞树枝条上看，这个人一直处在极为从容和幸福的状态。他留下脚印和筐印是很有规律的，就连那纵横交错的枸杞树枝条和叶片也几乎未伤。

我想像不出来，当这个人把一筐红红的枸杞果从地里端出来是怎样的情景，但是我能想象到，这个人当时的心情，一定是一个甜蜜挨着一个甜蜜，一定和这成熟的枸杞一样，红透、熟透、甜透。

实际上，精河就是红透、熟透、甜透的枸杞子。

库尔勒，半城梨花半城水

"半城梨花，

半城水

……"

在巴音郭楞蒙古自治州蒙古自治州首府库尔勒市，本土音乐人司卫东自己创作自己演唱的歌曲，让我的旅程在"梨城"增添了些许的浪漫和无尽的遐思。我的环塔克拉玛干之行是从"梨城"库尔勒开始的，驻足在这"梨花"的城市，水韵的城市，看梨花，听水韵……

我去的时候，正是梨花飘香的季节。漫步在孔雀河畔，嗅着梨花的清香我一路走来，河畔的梨花，热烈地盛开，似乎忘了自己的季节。洁白的花瓣在微风的吹拂下，带着缕缕香气，飘落在孔雀河缓缓的水面上……梨树对于这个城市来说，是无处不在的，在田间、地头它们自由自在地生长，开花，结果。

"梨城"人爱梨花，爱梨花的洁白。在河畔，在公园，在街道的两侧到处都有伞盖般的梨树，春天的花香，香透了城；秋天的梨香，香遍了神州。

由于库尔勒香梨对产地水土光热条件要求较高，目前，新疆58万亩香梨园主要集中在塔里木盆地北缘的库尔勒绿洲，其中挂果面积为20万亩，平均年产香梨30万吨。

库尔勒香梨是新疆特有的水果，在原产地库尔勒绿洲已有两千多年的栽培历史。别看它个头不大，其貌不扬，但果皮特别薄，果肉特别细腻，口感又香又甜。

"边疆处处赛江南……"歌里唱，嘴里说，事实上江南永远也赛不了边疆。在塔克拉玛干沙漠的边缘，感受绿洲上绿的纯粹，是你在江南的绿色中行走永远也品味不到的感觉。就像在沿海地区感受海，重复乏味的水你会厌倦。然而，在西部，在美丽富饶的巴音郭楞，在梨城库尔勒，你会为一条河而感动，你会为一片海子而欢呼。

巴音郭楞，蒙古语的意思就是"富饶的流域"。事实上，在巴音郭楞的大地上河流纵横。有全国最长的内陆河——塔里木河，最大的内陆淡水湖——博斯腾湖，第二大内陆河——开都河。

在库尔勒，蜿蜒而来的孔雀河穿城而过，留下一城秀色，满城欢歌。孔雀河的源头是博斯腾湖小湖区，在阿洪口汇成一条河道，向西流向喀什。这段河道长65公里，这就是孔雀河的上游。

孔雀河进入霍拉山和库鲁克山挟持的铁门关，此为中游，长14公里，水流湍急，涛声震天。

孔雀河冲出峡谷后，进入冲击扇平原，河流由西转南，形如弯弓。这段是孔雀河三角洲农业区。

孔雀河全长730公里，流域面积4.46万平方公里，最大洪峰233立方米，年平均径流12亿立方米。由于孔雀河河源为湖水，年径流量比较稳定，除洪水期外，一年四季流量变化不大。

孔雀河下游，被维吾尔人叫做"库木达里雅"，意为沙河。那是因为孔雀河进入塔克拉玛干大沙漠的缘故，沙漠中的河，当然叫沙河。纵观孔雀河全景，它的源头、它的中游、它的下游，像一只孔雀的头、颈和开屏的身子，美丽、多彩、丰满，而最美丽的尾部流入罗布泊，生命因为枯萎而灿烂。

我喜欢孔雀河，它婉转的姿态潇洒而妩媚，它义无反顾奔向死亡的决绝令人折服。任何一条流向沙漠的河流，它的命运注定是死亡，然而，它的过程很美丽。孔雀河，流过平原，平原变绿洲；流过城市，城市生动、鲜活。

库尔勒因为孔雀河，才有了梨花的意境，才有了如画风景般的城市。

这就是西部的城市，这就是绝胜于江南的西部。

品 读 沙 雅

　　一条时断时续的季节性河流，无论是它汛期的汹涌澎湃，波澜壮阔，平日里的缓缓流韵，还是它枯水期裸露出的干瘪河床，都无不彰显着它勃勃的生命张力。

　　一条河就是一条血脉。流动着的是精神，停留下来的是心情，爆发出来的是豪迈。

　　塔里木河在曲折蜿蜒中一路走来，千转百回的褶皱里一走就是千年。千百年里它歌唱也好，嘶鸣也罢，在古老的沙雅，她的韵律经年不衰。

　　你听："天上有我的月亮，沙雅是我的故乡，风吹麦浪起伏，那是土地的衣裳；都它尔上旋钮，美妙的音乐似水在流淌……"

　　我是在一个初春的午后踏上沙雅这片土地的，县城不大，宽敞整洁。吸引我的不是这座沙漠边缘城市现代化建设的气派和宏伟，而是被一条河孕育出来的千年文明。

　　走沙雅的大街上我感受到的是，河流文化赋予这片土地的经典和神奇。沙雅县、新和县和库车县是龟兹文化的发祥地，在这里感受到的更多的是古老西域文化的博大精深。

　　在县城中心的一条大街上，一位上年纪的维吾尔民间艺人，在乐器的伴奏下高亢地唱着十二木卡姆的篇章。声音洪亮，他很投入的演唱吸引了许许多多的行人：

　　爱的秘密，问那些离散两绝望的情人；

　　享受的技巧，问那些掌握着幸运的人。

　　爱情不贞，就是命运对我们的注定；

　　欺骗和背信，问那些缺乏慈爱的人。

时间的辛劳使我们消瘦又苍老；

美丽的力量，问那些拥有青春的男女。

孤独的滋味，富贵有权的人不懂；

穷困的苦楚，流浪者了解得最深。

……

这段歌词是陪同我的，维吾尔朋友艾山江后来翻译给我的，他是这个县法院的院长。《热克木卡姆散序》唱的是纳瓦依的一首富有哲理性的政治抒情诗。

当时我尽管听不懂，歌词的意思，但是我被老艺人执着的演唱和到位的感情感染了，在热瓦甫的伴奏下老艺人的演唱扣人心弦。

"木卡姆"，为阿拉伯语，意为规范、聚会等意，这里转意为大曲，是穆斯林诸民族的一种音乐形式，十二木卡姆就是十二套大曲，这十二套大曲分别是：拉克、且比亚特、木夏吾莱克、恰尔尕、潘吉尕、乌孜哈勒、艾且、乌夏克、巴雅提、纳瓦、斯尕、依拉克等木卡姆。维吾尔十二木卡姆的每一个木卡姆均分为大乃额曼、达斯坦和麦西热甫三大部分，每一个部分又由四个主旋律和若干变奏曲组成。其中每一首乐曲既是木卡姆主旋律的有机组成部分，同时，又是具有和声特色的独立乐曲，为木卡姆伴奏的乐器有沙塔尔、弹拨尔、热瓦甫、手鼓、都它尔等。

十二木卡姆又是古典诗歌的音乐表达形式，自从阿曼尼莎汗将纳瓦依、傅祖勒等诗人的许多诗词填入木卡姆曲调，后继的木卡姆音乐家就不断地用纳瓦依、孜莱丽、麦西热甫等著名诗人的诗词来丰富十二木卡姆。

在沙雅这块古老的土地上，厚重的文化氛围缘于龟兹文化的底蕴，以龟兹文化为特征的民间歌舞、民间文学、民间医方、民族手工业，在这里传承不息。无论是政府还是民间，把龟兹文化演绎成了时代的大文化，演变成了具有地方特色，民族特点的产业链。比如沙雅小刀，俗称"塔石罕"宝刀，皆因刀匠塔石·塔力普的盖世英名所致。

塔石·塔力普，生于光绪二十六年，即公元1900年，出生地就是现如今的沙雅县海楼乡。清朝中叶，中国的手工业制造业水平还依然远远领先于欧洲各国。沙雅、库车和新和在内的龟兹地区，手工业也非常发达，尤以铁匠铺行业突显。铁工制品，无论从外观、色彩、纹饰，还是款样、种类，在全国可谓独步一时。

塔石·塔力普的父亲叫塔力普·托乎提，是个阿訇。那个年代，没有一所正规学校，熟谙《古兰经》的父亲塔力普·托乎提也算是个有些文化的人。在塔石·塔力普四岁时，即1904年的时候，被父亲带到了现在的沙雅县依杆棋路所在的位置定居了下来。在这里，塔石·塔力普除了跟父亲学习一些经文，还常常跑到铁匠铺那里看铁匠们打铁，小小的年纪却很迷恋那个行当。在他看来，铁锤"嗵""吭"的敲击韵律神奇得不可思议，远比那念经文似乎鲜活得许多。有时一蹲就是半天，执迷不愿回家。父亲看他那么喜欢铁匠这个行当，就把他托付给了一个叫卡德尔·阿吉木的铁匠。到1922年的时候，他已经22岁了。他博采众长，融入不同名匠的风格，他喜欢艾力木·阿洪农器具的多样性，也喜欢英买力乡阿其墩村名匠热孜·依明纹饰手法的精细性与创新性，还常常和他的同辈，如央塔协海尔的塞迪·玉山交流技艺。他既虚心，又好学，精益求精，不断创新。

1925年，25岁的他独自开起了铁匠铺，专制各种农器具和刀具，到1950年共25年的时间里，已经是远近闻名的大师傅了。这个时候，人们不再叫他塔石·塔力普，还是尊称他为"塔石罕"了。"罕"在维语中是"王""皇帝""老大"之意。从人们对他的称呼看，可见其在该行业的"领头羊"地位。

1950年3月，沙雅县人民政府成立。他已经培养了一批又一批的技术工人，累计达二百多人次。多次被政府评为"优秀工人""生产标兵""技术能手"，多次获政府科技发明奖。并被派到全国27个省市自治区进行技术交流和学习。他的徒弟们遍布沙雅、新和、库车、阿克苏和温宿，由他制作的小刀不计其数，远销西亚和欧洲。

这就是沙雅的传奇。这就是传奇的沙雅，把古老的文化演变成了产业。如今，他们的"小刀村""乐器村"仍在演绎着新的传奇。

书遇有缘人

2008年4月28日,结束了哈密之行,在哈密火车站等车时,闲得无聊便走出了车站,一个人孤零零地走在大街上,任漫无目的思绪游走在思想的边缘。

中午的阳光暖暖地照耀着小城,小城在春日打着瞌睡,和小城一样打瞌睡的还有一个在路边摆地摊卖旧书的老人,街上的行人和车辆都很少,一切好像是在春眠之中。我的目光有意无意地在老人的旧书摊上扫来扫去,一本掉了封面,纸张发黄的旧书拦截住了我的目光,让我苦涩的目光一下光鲜起来。书的名字是《苦难的历程》,作者是前苏联的阿·托尔斯泰。书的版权页上印着人民文学出版社1957年10月北京第一版,1979年重庆第4次印刷。内文是繁体字印刷,一本27万字的世界名著,当年的定价是一元钱。我问卖书的老人多少钱卖?老人伸出了3个手指头,三块?我不敢相信自己的耳朵,我一手拿着书,一手急忙陶钱,老人笑了,书遇有缘人……

离开老人,我看着书的题记里的那句二十多年前就印在脑海里的名言:"在清水里泡三次,在血水里泡三次,在碱水里煮三次。我们就会纯净得不能再纯净了。"

我知道了这个世界上还有纯净的空间……

人　来　了

　　我进城的时候,正是北方落雪的季节,所以我是带着一袭洁白的情愫走进城里来的。走近一个魂牵梦绕的世界,去圆一个久远季节的梦。

　　我认为自己是个聪明人,曾在西部苍茫的戈壁雪野里独行,去猎取我肉体和精神的粮食。我已习惯了以雪为伍,总喜欢在飘雪的季节关闭所有的门扉,去远行,在雪地上踏出一串串深深的脚印,辨别野兽们的足迹。古老的古尔班通古特大漠,在飘雪的季节里显得是那么的自然、宁静和柔美。雄浑的西部只有此时才能露出她温柔的一面,我听着自己脚下"嘎叭!嘎叭"的声音和自己"呼哧! 呼哧!"喘粗气的声音,那种随意和毫无约束的感觉,让我感觉到生命的原色和生活的原始况味。此时,我可以走一条直直的路,也可以走一条弯弯的路,这里条条大路通天,这里没有路,这里没有歧路。在这里我可以大喊大叫,并不妨碍谁,更没有谁来反对,那种感觉是空前的,就像一匹狼或一只兔子,在我走后也自作聪明地观察一下我的脚印,望望我行走的方向,然后很无奈地走开。其实,无论是狼或兔子,都在想一件可怕的事情:"人来了!"

　　其实,人与它们都相安无事,大家都安安静静地生活着。多少次相遇、相视而又相安无事,单纯而真实的生存着,共同维系着一种永恒的许诺。

　　我是抱着一些幻想进城的,进城之后方才感觉到,城市完全不是我所想象的那样。我是用非都市的目光来阅读都市,来阅读这喧嚣世界的。

　　雪飘落到了城市,就变了模样,换了装扮,由洁白迅速变成黑白相间了。城市的天空是灰蒙蒙的,就连城市的目光也是冷冰冰的,让城市里的人自己也读不懂。仿佛城市里的"狼"特别多,人们躲进钢筋水泥构筑的空间里,又关上了一层铁栅栏。好像狼真的就在门口,让我这个曾经以狼为伍的人倍觉好笑。其实，在遥远的山野、谷地、戈壁、荒滩，狼们也在时刻警惕着人们的"狼心"，在这个世界上谁是弱势群体？而谁又是强者呢？

人真的来了。

文人的尴尬

初试写作，日写数千字、上万字，每次去邮局寄稿都是厚厚一沓，邮局的服务小姐用困惑和好奇的目光，看着信封上报刊的地址再打量我一下，脸上笑开了一朵花。日子久了，每次去都是这样的微笑。有一次，她突然甜甜地说您是作家？每次寄这么多稿件，稿费一定不少吧？说者无心是淡淡一语，而那时我尴尬得无地自容，真想找个老鼠洞钻进去。

在机关里，同事们都知道我爱好写作，因此也就经常有书信来，每次同事们都好奇地追问："什么作品发表了，打开看看，该请客喽……"（那时还给退稿）我越是不愿打开信封，同事们的好奇心也就越强，我反倒觉得自己像干一件见不得人的事似的，脸上火辣辣的……后来，退稿信一来我就立即收起来。一次，机关开会，领导问及我，为什么还未到会，有人调侃了一句："大概到厕所里去偷看退稿信去了吧！"惹得一阵哄堂大笑。而此时，我刚好推门进来，那场面别提有多尴尬了。

一次出差去某市，碰到常发我作品的那家杂志社编辑，见面就说你上次寄来的那篇稿子在我手上，很不错，三审已经通过了，准备下期刊用，希望你能继续为本刊投稿。我心里热乎乎的，感觉像遇到了"上帝"！也许虚荣心做崇，回单位后，我便向同事们炫耀了一番。数月之后，有位同事拿着那期杂志说，这期杂志上怎么没有你的……

经过了几年的风风雨雨，稿子写的多了，上稿率也高了，一些报刊的约稿信也多了起来。于是，我也开始写一写纪实类、热点透视类的文章，自己的名字和文章在报刊上出现的频率也就高了起来。可一些报刊只寄样稿不付稿费，有的不按标准付稿费，更可气的是你的稿件发表了不付稿费连样刊也不寄，自己还不好去问。如果你真去问，反倒显出你的浅薄和庸俗，对方呢？则淡淡一笑："是会计忘了，马上补寄。"还有一件尴尬的事说出来让人啼笑皆非，我的一篇近万字的纪实类稿件发表后，被人"窃去"发表在一家小刊上，我便到这家小刊检举此事。编辑在接待我时说，现在的报刊多了，我们也看不过来，既然是偷袭你的，那就把你的地址留下来，稿费随后寄去。也许是编辑太忙，说完就埋头伏案阅稿去了，全当旁边没有我这个大活人存在，尴尬的反倒是我了。

文人的尴尬故事写出来不给发表，没有人来阅读那就更尴尬了。

对面楼里的风景

我居住的小区在闹市的一隅，但是很安静。小区大，且豪华，也就成了有钱人的乐园。

喜欢读书或者爱好写点文字的人大都睡得比较晚，我也不例外。夜深人静的时候，看书或者写作累了，我便习惯性地点燃了一支烟，在阳台上走一走，或者坐一会，静静地望着天空，有意无意地看着对面的楼发呆，这时候大部分人家都关了灯，进入了梦乡，偶尔还有几户人家在亮着灯，随着时间的渐晚，渐渐地就变成一户人家的灯光还执着地亮着了。这时，我的脑海里也在胡乱地想像着，想像着对面楼里的主人，也许像我一样是个喜欢看书或者写作的人。

有了这样的想法之后，每当夜深人静的时候，我就开始留意对面楼里的那户人家了。就这样，在静静是夜色里，我家的灯光和对面楼里的灯光近相呼应。

那段时间，我刚刚与一家出版社签约了一部书，每天需要算着进度地往前赶稿，每天近万字的写作量很是辛苦。每当我写作累了，就看看对面楼里的灯光，于是，心里也就多了些温暖和鼓励。

日子在键盘和灯光里渐渐滑落，我的写作虽然苦了些，但是心里也是快乐的。几个月后，我的书截稿了，顺利地交给出版社，心里一下轻松了许多，于是我就不想再熬夜，可是对面楼里的灯光依然还是亮得很晚。于是，我心里就越发感觉到好奇，很佩服对面楼里主人的敬业精神。心想有机会一定要认识一下那个给了我温暖灯光的人。有了这样的想法之后，我白天也开始注意对面楼里的阳台以及窗户，希望能够有幸看到对面楼里主人的真面目。

一个秋日的午后，我终于看到了一位身着白衣的年轻女子，很优雅地在阳台上走动着，一手抱着小狗，一边接着电话。女子身材修长，面容姣好，看气质，乃大家闺秀之流。我静静地观望着，就像欣赏一副画，感觉很是浪漫的，美仑美奂的画面从此镶嵌到了我的脑海里。"窈窕淑女，君子好逑"，我也脱不了俗套。我自知非英雄，但是好色。好色，不一定贪色。美好的东西人人欣赏，就像园子里争妍斗艳的鲜花，人人喜欢，你如果要把它采下来熬汤喝，那就是暴殄天物了，所以我只是欣赏，从来不去采。

后来，我也经常看到对面楼里的女子在阳台上走动。

在我心里，对面楼里的风景是遥远的也是咫尺的。

然而，有一天，我出差回来，小区里停了几辆警车，有人在议论，有个年轻女子跳楼自杀了。那个女子是一家电视台节目主持人，被一个大款包养，事情败露，她的那档节目收视率急剧下滑被电视台拿掉了，大款也另有新欢……

不久，冬天就来了，对面楼里再也没有了灯光……

化雪的日子

　　化雪的日子是希望萌芽、茁壮的日子,是一个季节的好心情在太阳下展览的日子。冬天的鳞片,在沟壑间悼念那个专权独霸的世界,毁灭的时刻也是辉煌的季节。每一步都是刀梯,血迹斑斑宣告千古不变的誓言。

　　围炉而坐的日子,我们滋生了许多平庸,也增添了诸多忍耐。煮酒或品茗,醉了一个蒙眬的世界。

　　人类呵!蒙眬时看得最远,清醒时鼠目寸光;醉了时这个世界无聊,背后是射向你的暗矢;醒了时这个世界真好,握手微笑月圆花好!

　　化雪的日子,并不是所有红风衣的线条都能构成渴望的风景线。

　　雪水浇绿梦想,却不能滋润心与心之间的那片荒凉。

　　希望是那片旺盛的胡杨林,吸吮雪水生长在自由的荒漠、戈壁,蓬勃出生命的张力。

　　化雪的日子没有记忆,只有浪漫的情怀和感慨。穿过泥泞的沼泽,春姑娘的倩影摇摇摆摆。

飘渺的风景

　　拒绝回答。拒绝幼稚的提问。心灵的曲折缘于胆颤的彷徨。命运像只气球在风中飘来荡去,身不由己……

善意的欺骗穿上虔诚的外衣,依然冠冕堂皇。面对突如其来的潮涌景观,心的律动如机械的钟摆……而脆弱的情感,正在无垠的雪野上流浪。贵族们纷纷魂归梦土,被孤独和遗忘了的家园,已无力接受说普通话的乡村意象和被嫁接了的乡音乡情。母亲的手指,难以抚平游子疲惫的创痕。

台湾式的爱情,如藤缠树,苦苦地将你厮守,恳求感觉发出新芽。醋意浓重的夜色,无法掩盖洞穿时间的老练之眼。长者们的导语,如林立的广告牌,挖空心思依旧是空洞的躯壳。鸟儿在天空婉转歌唱,依旧悦耳迷人,可惜至今未能深情投入,品尝出其中所有的内涵。季节的更替,若一杯茶,在温暖的斗室里泡酽了一种不痛不痒的思想。在自己的废墟上徘徊,我荒诞的幻想描画出一片飘渺的风景……

热 爱 生 命

人总是在健康的时候,淡忘了生命的美好和阳光的灿烂。总觉得健康是取之不尽,用之不竭的生命源泉,这是我在20个春秋中唯一一次生病住院时深深体会到的。

那一年,我刚刚从遥远的山东到新疆打工,对新疆的水土及饮食习惯还不太适应。当时,我在兵团一个团场里开链轨拖拉机,工作又脏又累,每天工作十个小时以上。我总在想,让青春在荒漠戈壁上白白流失是人生最大的遗憾。就这样,基于心里的压力,再加上繁重的体力劳动,我病倒了。

住在团场小医院的病房里,我内心的寂寞和无奈是难以言表的,一种万念俱灰的感觉包围着我。也许人在生病的时候,会产生一种与生俱来的恐惧感,更何况身处异乡的我呢? 静静地躺在病床上,望着被白色包围着的一切,我的思维及目光几乎全渗透在这白色的氛围中,无可选择。健康乃至生命的进程,都不在自己编织的程序中,在这里一切属于白色,属于另一种圣洁。

因为医院小，几乎没有病人住院，整个医院都是静悄悄的。有一天，我突然听到一阵撕心裂肺的哭叫声从不远处的太平间方向传来，那哭声打破了这座医院多日的静寂。后来听护士讲，前几日住进的一个民工死了……我是一个不会流泪的男人，但内心里纷纷扰扰的各种思绪，让我六神无主。

手术的前一天护士来通知我，并留下来跟我聊天，说我的病手术治疗后一周就会好的，手术也只是一般的手术，让我不要担心。然后她拿出一本书让我签名，当时我有些不解，接过书一看，是一年前内地一家出版社出版的我的第一本诗集《青萍雨滴》。当时，我有一种说不出的感动，没想到我这个文学狂热分子的一本小册子能出现在地图找不到的小地方。后来，她说我一住进来，她就觉得眼熟，回家翻开书，在这本诗集上看到了我的照片。她说她喜欢我的诗，诗中对人生、对生命及生活的理解是她最喜欢的。

她说："人生就是一首诗，删去多余的语句，诗的意境才更加优美。就像你的病，动了手术后，生命才会更加健康。"她的语言不多，但我一下子悟出了些什么，心灵的天空顿时晴朗了。

手术做得非常顺利。几天后，当我坐在轮椅上第一次被推到院里晒太阳时，我才真正感觉到阳光真好，健康真好，那天的阳光是我一生都难以忘记的。

出院那天，一位年长的医生告诉我一个让我震惊的故事：其实那位护士并不爱诗，她只是看到我一入院就闷闷不乐，而且无人照顾，为了我的健康才上演了前面那一幕，碰到我的诗集也纯属巧合。这位护士患了绝症，但她喜欢这份把健康带给他人的工作。她热爱生命，她要过好人生的每一天。

那天，一个男人一生第一次流泪了。

第四辑:西部的季节

以嚎叫的方式行走

一种文化的高度和一座山的高度,同样让我着迷。西域文化的博大精深和西域高原、大川、沙漠的神秘莫测,撕扯着我的内心和灵魂,我曾经一次次地为之震撼,为之疯狂。尽管这是我十几年前,从有关书籍和史料中窥视到一种支离破碎的感觉,抑或幻觉。于是,我就产生了走近它、拥抱它,在它的怀里狂呼,或者毫无韵律和节奏地高歌的欲望。吸允它的精髓和内涵,一定会有一种魂不附体的感觉产生。

若干年后,我终于有了这种切肤的感觉,这是一种人性的放纵,还是对这片土地的痴爱? 至少在若干年内是难以分清的。

产生这种幻觉的时候,我正在齐鲁大地的一个乡村中学读书。为了这种感觉,我来了。

我像一匹狼一样地不请自来,事实上,我闯入了属于狼的疆域,在西域这片原始的,野性的土地上,我像一匹狼一样地一路奔跑,一路嚎叫,释放着,猎食着。如今我真真切切地感觉到,我就是属于这片土地的,或者说这片土地上的草草木木,山山水水,以及那山水草木,动物、人类在这片土地上派生出来的文化和学说,也都是属于我的。

我有着一匹狼的"贪婪"和"野心"。

人类曾以跑马圈地的形式占领自己的领地,狼则以嚎叫划定自己的疆域。

我仿佛对这里的一切都是熟悉的,似乎冥冥之中在哪里见过,所以十几年来我就在这片土地上坦坦荡荡走着,用嚎叫表达我的情感。十几年来我一直在路上,我想走遍这片土地的每一个角落,所以就一直没有停下来。

走啊！走……

我的这种行为无论是精神上的疯狂，还是行为上的迷途，我都不想再停下来。也不能用对与错来界定它，因为，走着就是进步。

路上的风景很美，风景里的我更美，因为我溶入了风景，成了风景里不可分割的组成部分。

我曾经有着无数次这种在"风景"里行走的经历，在我的文化修养和理性的进化中有着一种分娩般地阵痛和震撼。这种感觉是前所未有的，也是可以品味一生享用一生的。

纵情西部山水

初到新疆的人都会感到这里的天非常的高，地也非常的阔，戈壁、沙漠空旷而辽远。随便放眼一望，你便眼纳千里戈壁、草原，胸装万千沟壑。随之你的心胸也开朗起来了，感觉自己也伟大起来了。新疆人的豪放、豁达、朴实、勇敢、勤劳源于新疆雄浑的山脉、坦荡的河流、无尽的草原、恐怖的风沙和茫茫戈壁的精神滋补。新疆人质朴中刚柔相济，矫健中蕴含善良之德和文秀之美，还原或移植着人类的原色，到新疆看一眼人类的本色你会有一种刻骨铭心的感觉。

新疆及新疆人的粗犷世人皆知暂不去写，天山深处的原始森林之旅，使我又一次领略到了新疆的文秀、纤柔之美。那天中午出发时，天高云淡，是个上好的天气。银光闪闪的天山雪峰辉映着郁郁葱葱的苍松翠柏，给人罩上一层神秘的朦胧色彩。我全然忘了小车的颠簸，出神地望窗外起伏的天山沟壑，总感觉到陡峭的山路高不可攀，望不到底的沟壑让人望而生畏。可是车一开始爬山坡，便觉得山没有那么陡峭了，汽车一进沟，便感到沟也平可见底了。就像雄浑健壮的新疆人，给初到新疆的外地人的印象是野蛮可怕,可当你真正地和这些新疆人交上朋友之后,你又觉得他们善良可爱如长兄。天上开始下起了小雨,天山深处的天是一壑一重天、一丘一重天、一步一重天,东边日出西边雨。撕一片云便可拧出水来,揩一片云就能下一阵雨。雨是极寻常的,一天可能下几次,淅淅沥沥一阵接一阵,让来自江南的游客也会误认为进入了江南的梅雨季节。在天山腹地,一天可以找到一年中的四个季节,有绿芽和花蕾代表春夏;有虫鸣或草木、果实代表秋季;而银光闪闪的雪峰则是冬天的象征。此时,正是山下收割小麦的季节,而山上的哈萨克牧民种的麦子才刚刚抽穗。

小车在一条沟边停了下来,山洪淹没了上山的路,同行的老吕说,山上刚下过阵雨,山洪下来了,看来我们只有望山兴叹的份了。大家跳下车来站在雨中,你望我我望你,雅兴锐减,不免有些失落。老于此道的老吕的话,又给我们带来一线希望。他说,山里的天,猴子的脸,说变就变,说晴也就晴了。前面的雨一停,这里的山洪也就小了。果不其然,一刻钟后,雨便小了,山洪也随之小了一些。我们又开始上路了,因为我们要去的地方是一处自然原始森林,知道这个地方的人为数不多,敢冒雨进山的人更是绝无仅有。山越来越陡,环山路也越来越窄。由于下雨,山路上洪水奔涌,我们的车在艰难中前行。

此时,我便有了一种冒险家的自豪感。随意调侃了一句:风雨之下,山洪之上谁是玩的英雄? 惹得同伴一阵笑声。

前方的山路上终于有了人,几个哈萨克青年站在雨中的山路上改水护路,唯恐山洪将路冲垮。路是他们的生命线,因为这条路是通向山外的唯一通道,他们用微笑向我们打招呼以示欢迎。这是一个以鹰的形象为图腾的民族,在马背上、在雪山草原、在戈壁荒漠上世世代代上演着他们悲悲喜喜的故事。他们勤劳而勇敢,热情好客,待人诚恳。善骑善牧,由祖辈的游牧生活改为屯居于绿洲山泉之间,放牧于松林草原之上的生活方式。

车越往前行,山便越来越青,草也越来越长,各种颜色的小花散开其间。有成群的羊儿、马儿咀嚼这绿色的章节,就像哈萨克少女绣出的挂毯。有的山坡被牧民用松木做的栅拦围住,里面是自家的草地和毡房,使之既有南国之景观,又有俄罗斯田园之风光。设想在某个晴朗的清晨或黄昏在萨克斯管奏出的声乐中走进这场面,就更是妙不可言了。

小车到达目的地时,雨停了,天开始渐渐放晴。山溪畔一大溜哈萨克毡房像雨后的蘑菇,向你敞开,更有哈萨克少女微笑着向你招手,诱你深入。远处雪峰之下,林海之上,白色的烟雾缭绕不绝,像哈萨克少女起舞时飘起的白纱巾,若有若无,生动而具体。此时,我真正理解了纯洁的真正内涵,阳春白雪,高山流水世人谁不喜欢,又有几人能够品味出其真正的意境呢?

哈萨克朋友已经把羊杀好了,一部分放到了锅里炖手抓肉,一部分切成了薄皮用来烤羊肉串。今天的烤羊肉串自己动手,大家七手八脚,各拿出看家本领,我虽然笨手笨脚,且也做了一套哈萨克牧民生活的动作。盐、辣子面、孜然粉,乱放一气,大家在笑声中边烤边吃,然后端起酒碗来大口喝酒,让我实实在在过了一把哈萨克牧民生活的瘾。手抓肉端上来时,酒已经喝到了高潮。此时红尘的一切烦恼早已忘得一干二净,只有大块吃肉大碗喝酒了。不该说的,不敢想的,嬉笑怒骂皆成痛快,这时我才真正感觉到我就是我。我是这山水、这毡房不可分割的一部分,此行最大的收获就是找回了早已丢失的自己,回归本该属于我的那种属性范畴,钢铁的、泥土的、笔直的、曲折的、纤柔的、洁白的……同样闪烁着原始之美的光泽。

人类啊!最可怕的是看不清自己的本色,或害怕还原自己的本色。

次日清晨,一缕缕清新的山风带着花香、松香和原始森林所特有的泥土气息,扑面而来。大家钻出毡房开始爬山,虽然同爬一座山,因为爬山的目的不同,发现的事物、景观的角度也就不同。有人像猴子一样向山上攀援,自显英雄本色,有人总能发现一处处生长的鲜嫩蘑菇,各有各的惊喜,各有各的乐趣。同是笑语惊松涛,其内容和意境却大相径庭。我是既爬不快,又发现不了蘑菇,倒是为这里生长的千年古树的伟岸而惊奇。这里的树多为塔松,笔直的干直插云海,大有顶天立地的西部男儿之风范。密密麻麻的,大树之下又生长着许多的小树,一个树的家族,一个绿色的王国。大树如春秋的伞盖,小树似少女曼舞。在一棵枯死而倒地的古树前,我驻足休息,这棵树干已开始腐烂,而它的根系们深深地扎入泥土,做着最后的坚持。它曾经的辉煌留给了这片蓝天和沃土,腐朽之路便是回归之途。

家园是永远的驿站，无论生与死、爱与恨，都永远捍卫着自己的家园，这正是一个民族的气节所在、本色之所在。

邂逅温泉

多年来，我走在天山南北的土地上，随一匹马，一群羊，一路走去，有时候是漫无目的的。牧民们在放牧着自己的羊群马群，守候着自己厚实的日子。而更多的时候我是在放牧着自己的思想和灵魂。

有时候，我会随着一座山的走向而一直走下去，或者沿着一条河流，一直走到它的源头。没有什么事物比一座山屹立得更长久，没有什么行为比一条河的走向更难以改变。

永久屹立着的和难以改变的事物，往往成了我们生命中的精神图腾和生活坐标。

我曾经多少次为一座肃穆的雪山而震撼，为一首原生态的民歌而感动，为一片青青的草原而癫狂……

多少年来我一直在路上走着，尽管我生命里的欲望是卑微的物质，因为我是一个食人间烟火的人，我对于物质和肉体的需求与芸芸众生别无两样。我欣赏一个成功商人身上的气息，同时我也欣赏一个诗人得一绝句的癫狂样子。

我在精神领域里的猎取永远在远方，永远在路上。

路上的戈壁。路上的高山。路上的沙漠。路上的草原。

都是我心灵的空间站。无论是我以狼嗥的方式进行毫无规律的表达或者宣泄，还是以诗人的方式自我陶醉地吟唱，我都感觉是再正常不过的事情了。

然而，多少年来我在人情世故里受到的耳濡目染，自我感觉都是内心忐忑不安的,就像一个不幸失身的女子再也无法坚守自己的清纯领地,也无法融入这世俗的混沌世界,在矛盾中挣扎,在痛苦中呻吟。

尽管我有狼的野心和狼的霸气,但是我永远都成不了狼。

尽管我有诗人的气质和诗人的浪漫情结,我也永远成不了诗人。

真正属于我的,狼不了解,诗人也看不明白。

我想要表达的,我想要寻觅的,是我心中永远不变的精神情结。

我把我的心放逐在了大漠山水之间和人文地理的边缘。

多少年来,我用我的心去寻找,用我的笔去描摹,我精神领域的图腾形象,我难以把握她的逼真程度。一本本在人们眼里所谓的著作,像《新疆故事》《新疆探险记》《新疆奥秘》,似乎解读了心中的部分情结。然而,我越来越迷茫了。

所以我一直在路上走着,就像我在《新疆探险记》里写的那样:"十几年来我一直在路上,我想走遍这片土地的每一个角落,所以就一直没有停下来。"

走啊!走……

我的这种行为无论是精神上的疯狂,还是行为上的迷途,我都不想再停下来。我也不能用对与错来界定它,因为,走着就是进步。

与你相遇是一种缘,是我在路上走着的缘,还是注定就有的缘?

我仿佛对这里的一切都是熟悉的,似乎冥冥之中在哪里见过。

这片叫温泉的土地。

无论是这里独一无二的淙淙的温泉水,还是一望无垠的青色的大草原;无论是有着美丽传说的母亲石,还是飘着洁白哈达的敖包;无论是成吉思汗的剑鸣,还是察哈尔蒙古西迁的马蹄;无论是这里的地理,还是这里的历史人文,我都倍感亲切、熟悉。我像一个虔诚的教徒,把你装进了心里,我像一匹马驹离开母亲的怀抱,第一次在草原上撒欢地奔跑,我像一只羔羊投入到母亲的怀抱。

我自由奔放,无拘无束。

我感觉这就是我的故乡,我的母亲,我的草原,我的河流,我的山川。

我的灵魂可以出壳,我的行为永远不会出轨。我之于温泉的土地,就像游子之于母亲的怀抱。

我与你的相遇，实际上是我心灵的回归。

我知道我粗浅的文字很难描摹出你的神韵，你的风采，但是，你自身的魅力就是一方神奇的学派。

好在，路上还有一位文字和相貌都很婉约的女子与我结伴。我想路上的风景很美，风景里的我们更美，因为我们走近了大美的土地，大美的温泉。

泉 的 记 忆

去温泉的路上，泉的概念在我的脑海里不停的环绕，想像和回忆都在翻腾着与泉有关的记忆。

我去过许多与泉有关的地方，而以泉命名的县，在全国仅有新疆温泉县一处了。

比如泉城济南，趵突泉名扬天下，而泉城也只是作为济南市的一个别称，抑或一个作家的笔名。

温泉县境内泉水众多，其中最著名的有三处，当地人很虔诚地尊称"圣泉"即博格达尔温泉；"天泉"即鄂托克赛尔温泉；"仙泉"即阿日夏提温泉。

凡泉有之，必与灵气有关，必与人有关。

有泉的地方，一定人杰地灵。

有泉的地方，一定河流纵横，水源充沛。泉与河一脉相承，灵肉相连。

有泉的地方，必山峦起伏跌宕，山泉刚柔相济，山与泉相得益彰。大自然的山秀水丰，最直接的表现就是显山露水。

温泉县，便是如此。

我到达温泉县的时候,是一个冬日的午后。暖暖的太阳照耀着,县城静静地卧在阿拉套山的怀抱里。像母亲最疼爱的婴儿,在母亲的怀抱里进行一个甜美的午睡。

县城很小,依山势而建,南高北低,落差约在60米以上,像一个永远也不会长大的孩子,处处透着灵气和刚毅。

一条叫做孟克特的大街,横贯全城,像是这座小城的灵魂,小城的一切都围绕着它。

县域内有两条河流,72条山溪,72处泉水。也正是这些众多的山溪和泉水,才孕育出了温泉大草原的丰盈和妩媚。

走在温泉的大地上,思想和意识都被这里的神山圣水所融合、所滋养,浓浓的草原文化氛围浸润着所有的思维。正像这里的朋友邀请我时说的那样,你是作家,来温泉县是情理之中的事,但收获到的一定是意料之外的。

朋友言中了。

我冬眠的神经,在踏上温泉土地的那一刹那苏醒了。

朋友在晚宴上准备的酒,在这里就不再赘笔了,因为这片土地上的酒文化,很值得我费一些笔墨,还是留着以后再慢慢品味。

兴至高潮,醉酒是在所难免的了。

次日醒来,我轻轻拉开窗帘,外面竟飘飘洒洒地下起了雪。这是温泉今年的第一场雪,雪下得不紧不慢,韵味十足。雪让草原变成了一个银白的世界,整个大地显得更加安宁祥和了。

在这里居住着的察哈尔蒙古族牧民,对白色有一种与生俱来的偏爱。他们称之为"查干"(白色)。他们对"查干"一词已经超出了颜色的概念之外,融入了更多的情感元素。在这个豁达勇敢的游牧民族的意识里,白色是至高无上的纯洁,是他们思想观念中对美好事物的终极赞誉。比如,这里的牧民把心底善良的人称为"查干·色特格里太",意思就是"白色的心灵"。丰收的庄稼地称之为"查干·比代",意思是白色的庄稼。白色的哈达是迎客时最高的礼仪,还有白色的蒙古包,"查干",是蒙古族人至高的境界。

因此，这场恰到好处的雪给人们带来了入冬以来的第一份好心情。

雪花飘一阵，停一阵。好像天公也在咀嚼雪落温泉时的一些细节。

正午的时候，朋友诚邀我去泡温泉，我对于泡温泉的想法就像要去揭开一个妙龄女性的面纱，心中储着蠢蠢欲动的渴望，同时也产生了揭开面纱时会产生无奈的沮丧。因为，有些美好的东西，只是在意念和思想里完全存在的，一旦融入现实，美也就剩下躯壳了。

"圣泉"博格达尔温泉，位于阿拉套山的山脚下，温泉县城的北郊，博尔塔拉河岸边，海拔已经达到1290米之上。

千转百回的博尔塔拉河，蜿蜒而去。河两岸，拥挤着茁壮的各种各样的树木。这些树高耸而挺拔，此时虽然在冰雪覆盖之下，依然可以看出它们在生长期的生机和活力。这里已经被县里开发成博格达尔公园和温泉疗养院了。

关于"圣泉"，《温泉县志》中有这样的描述：宋嘉宝十一年，成吉思汗征服西域蒙古部落，首次来到博尔塔拉河流域。

当成吉思汗的军队西征到达这里时，由于行军跋山涉水，沿途劳顿，人困马乏，病伤不计其数。有人发现了此处的温泉，奏报成吉思汗。于是，官兵们来此洗浴，以除病痛，恢复体力。官兵洗浴后精气神倍增，成吉思汗大悦，号令大军进攻敌营，一鼓作气所向披靡，战无不胜。成吉思汗大加赞赏："此乃圣泉"。

当我走进水温在40℃以上的温泉里时，身体像伸展开的枝丫，酥松，滋润的感觉瞬间遍及我全身的每个细胞。圣洁的温泉，散发着女性的魅力，让我飘飘欲仙了。

朋友说温水里含有碳酸盐，硫磺、碘、磷、氢、硼、溴等微量元素，对人体有调节保健功能。

泡在温泉里，所有的话题也都是关于温泉的，朋友把天泉和仙泉描绘得出神入化，让我目瞪口呆。

天泉相对于其他的泉，是"藏在深闺人未识"的。天泉原不叫"天泉"，顺口叫了"小温泉"，海拔3397米的博尔格斯塔山上三个泉中，只有它离天最近、海拔最高，所以就取名为"天泉"。天泉水温高达60度，在三个泉中，属天泉温度最高,一般人难以承受天泉泉水带给的那种火热、那种坦诚、那种冰与火的撞击,那种火的性格、酒的品格。

如果你到了天泉,会感到天格外的蓝、云也格外的白,天空中飘荡着的朵朵白云,仿佛唾手可得,白得纯粹,白得圣洁。松涛阵阵的原始森林、奔涌东去的鄂托克赛尔河尽收眼底。大自然奇妙造化的鬼斧神工令人叹为观止。

仙泉则位于哈日布呼镇东北25公里的阿尔夏提风景区内,海拔2695米。泉眼有7处,水温达36~42度,富含二十多种人体必需的微量元素,能治疗多种疾病及妇女不孕症,深受当地人欢迎。

这时,外面又飘起了雪花,室内是腾腾的温泉,室外是洁白的雪花。这种感觉真是天赐温泉,天赐雪花。

大 美 温 泉

城市在山的臂弯里,山在城市的胸怀里。

泉在山的脚下,城市在泉的心里。

河吟着泉的灵气,连着山的魂魄,映着城市的秀美。

城市是温泉县城,山是别珍套山、阿拉套山,泉是圣泉即博格打尔温泉,河是博尔塔拉河即温泉河。

山。河。泉。城。

一幅幅刚柔相济的泼墨画。

一条条波澜壮阔的河流。

一眼眼灵动千里的涌泉。

一片片无垠的大草原。

一曲曲深情咏叹的长调

这就是我的家乡,这就是我的温泉,这就是我的天堂。

我的血脉与泉息息相关与温泉河相连;我的魂魄与阿拉套山一样高远;我的心胸像草原一样辽阔;我的性格像骏马一样驰骋。

我是草原的儿子,像一只盘旋在故乡草原上空的雄鹰。我一会儿上下翻飞,一会儿又从低处一飞冲天。我心里装满了万千向往,远方的草原,远方的炊烟,山外的大山,河流以外的河流,森林以外的森林,有着太多的神秘和诱惑,都走入了我飞翔的梦里。可是,我心里割舍不了我的母亲我的草原。所以我只能用盘旋、冲刺、蹲守来守候着我对母亲的祝福,我对家园的爱恋。

灵动的泉千年不变,汩汩的温润流传着一个个神话和传奇,不需要注释,每个韵脚都注满了温暖、祈祷和祝福。

根性的草原

那天中午,我在温泉草原自由的行走,思想和行为都处于无目的的状态。往哪里走?去干什么?都没明确的目的性。也许,我走着走着,被一座山挡在前面,越不过去了,就干脆停下休息了一会。然后,起身返回。或者,遇到了一条河抑或沟过不去了,就回转身朝另外一个方向走去。

在草原上,像我这样的人是很少见的。如果见到了,那也只是一只走散了群的羊,或一匹迷了途的小马驹。一匹成年的老马是不会这样的,老马识途。

然而,一个人就不一样了,一个正常的人是不会没有目的乱走的。惯性思维,如果这个人,没有目的的去干什么? 一般来说,这种人精神有毛病,而我不是,我的精神很正常。举例说吧,我不会迷途。我的无目的行走,在骨子里实际上，还是有着一些目的性的，只是主观意识不太明确，不太强烈罢了。

"四十不惑"，我已过了不惑之年。实际上，经常还有一些荒唐的行为。有人很是理性的认为这是性格的缺少，是无根性的意识行为。

根，解释起来比较容易，《现代汉语词典》上这样解释，"高等植物的营养器官，分直根和须根两大类。根能够把植物固定在土地上，吸收土地上的水分和溶解在水的营养，有的根还储养料。"

这样理解起来，我缺失的是文化的根性，是在无意识的寻找，也是冥冥之中注定要追寻的。

事实上，我是来自草原以外的地方，我寻找的是一种草原文化的根基。

马的根，羊的根，牛的根，草的根。

它们的根都扎在了草原上。因此，才有了"风吹草低见牛羊"，草原是它们的庞大的根须。

泉和河是草原的根。

正是因为这片神奇的土地，泉眼星罗棋布，河流纵横，才有青色温泉大草原。

草原，高山，泉，河，牛，羊，骏马，是马背民族的根，是察哈尔蒙古的根。

乾隆二十七年（1762年），察哈尔蒙古受命乾隆皇帝，从张家口一带且走且牧，来到了这片土地上。是这里茂密的青色草原，让察哈尔蒙古从此在这里扎下根，戍边放牧。察哈尔的根是草原。哪儿有草原，哪儿就有马背民族，这是一个民族的根性。

多少年以来，我一直寻找的实际上就是一种文化的根性，民族的根性，以及自己血管里流淌的文化的根性。

阿日香郭勒

我的血管里是温泉河的波涌,我的肌肤茂密着温泉草原的律动。我血性的土地上,男人矫健,女人妩媚。

我的魂魄是一千多年前,铁木真(成吉思汗)挥戈西征时金戈铁马的铮鸣。圣祖踏过的每一寸土地,都留下一个个传奇的故事。一棵树,一棵草;一块石头,一个敖包,一座山,一条河,一眼泉,都彰显着故事的情结和灵性的哲理。故事被风带走,在草原生根,发芽。

神圣的魂魄,在牧民的心里生根,苗壮出了察哈尔蒙古血性的马蹄。西迁的路上,长调拉长了故乡的情怀,短调激昂着落地生根的豪迈。在察哈尔蒙古的心中,张家口是根,温泉河是源泉。

根在哪儿,哪儿就是挂牵;源在哪儿,哪儿就是图腾。

为了根的安宁,壮怀激烈的察哈尔,跨上驰骋疆场的铁骑,赶上骆驼,牛羊且走且牧踏上西迁的征程。

这就是我的祖先,我英雄的察哈尔,英雄的"中央万户"。西迁是为了戍边固防,也是为了落地生根。

那个山坡,像是这个城市长出来的翅膀,是察哈尔蒙古,西迁的塑像群。栩栩如生的雕像群,片断式的主体性地展现着,察哈尔蒙古的勇敢、强悍的形象。同时,又像温泉这座城市,这片草原的守护神。是的,他们的故事,镶入了历史,根在这片草原之上。他们不是这片土地的土著,他们却是这片土地的主人。察哈尔蒙古人的血管里流着落地生根的种子,心中装着四海一家的情怀,为了自己的家园,马背是移动的家园,寸草不让,寸土必争。夷方的犯边,永远撼动不了察哈尔蒙古的刀剑,大义凛然,是大国家,是小家园。

男人的汗，女人的泪，洒在西迁的路上。岁月淹没了汗滴和泪痕，历史放大了怀念的脚印。

草 原 随 想

温泉大草原我已经去过许多次了，那里给我留下印象最深刻的就是那辽阔的草原，奔驰的骏马，喷涌着的温泉水，川流不息的河水，蒙古族的风情，蒙古族牧民的热情好客的酒兴。多少次我都在回味，是蒙古族牧民的美酒醉了我，还是游牧文化陶醉了我？

心中永远凝聚草原的情结，梦里几多次陶醉在草原的怀里，温泉的大草原给我留下了太多的遐思。

第一次去温泉，是在一个冬日的午后。那天太阳暖暖地照耀在裸睡着的大地上，因为没有雪，草原上的干草已经被羊群啃食得所剩无几了，整个草原显得光秃而冷气，像裸睡着的感觉。

出了博乐市，通往温泉的是一条不太宽的柏油路，路两边落净了叶子的剑白杨愈显笔直挺拔，一株连着一株。可以想像到了春天，它们是多么的茂密。

路在树丛中延展，树沿着河畔渐远。一切都可以感觉，一切都可以想象，连着树的河流对于草原是多么的重要，河是草原的血脉，是一切的源，是生命的根。

这条河名字叫阿日香郭勒，蒙古族语言，翻译过来是"温泉河"的意思，到了下游就叫博尔塔拉河了。它发源于别珍套山和阿拉套山汇合处的空郭罗鄂博山的别洪林达坂，年径流量五点七七亿立方米，全长二百五十二公里，流域面积一万五千九百二十八平方公里，水深在一至一点五米左右，年均流量十八点二九立方米/秒，由西向东流经温泉、博乐市，在精河与大河沿子河汇合后，向北偏东流入艾比湖。

河坝里生长着茂密的次生林，有二三十种树木，上百种植物。最多的便是沙棘。沙棘又叫沙枣、醋柳果，是落叶小乔木，含有多种营养成份，对许多疾病具有很好的疗效。现在正是盛果期，到了秋天，红色的小果挂满枝头，一树又一树，一枝又一枝。如果是在春天，感受到的一定是一条绿色的长廊。如果要把它比作长廊还有些不准确，因为这里春天来临的时候到处呈现的是一望无际的绿色，只是这河坝里和路边的树木更加立体和伟岸。

见到朋友的时候，我们的话题还是始终围绕着这条一年四季奔流不息的河流和许许多多的泉溪。我的朋友在这里工作生活，像一棵树或者一株草一样把根深深地扎在了这块土地上。梦一旦扎根，心就会扎根。有梦诞生的地方，就离天堂很近。

亲近一条河，亲近一眼泉，亲近一片一片的草原，是生活在这里的人们心中永远的情结。

生活在这片土地上的察哈尔蒙古，自远古以来就开始信奉萨满教，以大自然的一切存在着的事物为象征崇拜的对象。比如一棵树，一块石头，一个山包等，这些永恒的事物在他们心目中形成了执着的生存理念，与大自然浑然天成。

一条河成了他们心目中至高无上的信仰，是一点都不奇怪的事情。水是至纯至洁的。它们在海拔数千米以上的高山上是坚硬的冰，遇热空气融化为水，水聚成了河。一旦形成了河，就形成了一个千年难以改变的灵魂走向，就像一个人或者一个民族的信仰，一旦形成就再难以改变成为了永恒。

蒙古族牧民在河里取生活用水，同时还在这里饮马、饮羊。

每天早晨来临的时候，草原上的牧民们就会赶着马车到河边来取饮用水，有的牧民就赶着自己的羊群及牛、马前来饮水，羊群在河边排起了长队像是在接受一条河的检阅。

河是人的天堂，也是一切事物的天堂，因为人与自然界的一切和谐相处，草原的天堂才更美。

你 的 草 原

你的家在草原，你的心就留在了草原上，你不是蒙古人，你是汉族，你的根却扎在了草原上。

草原上的风知道你的心事，风把你的故事告诉了草原上的每一个毡房。从你到草原上的那天起，你就深深地爱上了草原。后来，细心的你把草原上的故事告诉了外面的人，从此，外界的人开始关注温泉大草原了。

你是个作家，你用诗人的激情和作家的耐心来解读草原。一匹在草原散游的马，几峰游荡的骆驼，一群啃着草儿的羊群，都是你笔下的故事。那蒙古包上空的袅袅炊烟，那在草地挤着牛奶的蒙古族妇女，那盘旋在草原上空的几只鹰，在你的心里和笔下都成了风景。那终年积雪不化的阿拉套山，别珍套山，都成了你文字里的风骨，那四季都不曾停歇的温泉河，鄂托克赛尔河，还有那些草原上的人们以及来自草原以外的神话了的博格达尔温泉，鄂托克赛尔温泉，阿日夏草原都成了你笔下竟蕴升华的散章。你把温泉大美的地理风光著在了书上，装进了心里。

那驰骋在草原的察哈尔蒙古铁骑，驱逐外夷的剑鸣铮铮，成了你文章里的精神。

在草原上，你了解一把马头琴的心事，你倾注于一曲蒙古长调的悲壮。察哈尔蒙古西迁羊群在草原上演绎成了无数的毡房，无数的牧道，季节的轮回，岁月的沧桑，牧民的故事在生根发芽。

冬 窝 子

听到有车的声音,女主人欧妮便从房子里走了出来,站在门口微笑着将我们迎进了房子里。

草原上冬天的太阳,透过窗户照射到室内。此时,他的丈夫叶尔卡,还在宽大的炕上睡着觉。阳光刚好照射到他的脸上,刺得他有些睁不开眼睛。看到我们到来,他慌忙的起床,揉着惺忪的眼睛,脸上露出了些许歉意的表情:

昨天来了亲戚,一高兴,就喝多了。

羊群在由邻居帮忙看着。实际上,大部分时间羊群和马群在草原上散漫地吃着草,是不用人照看的。牧民只是习惯性地到羊群吃草的地方走走,看看心里也就踏实了许多。

女主人欧妮将一块块的干羊粪饼小心翼翼地放进房子中央的炉子里,整个过程做得认真又仔细。不久,淡黄色火焰缓缓燃烧起来,温和的火散发着草木的清香,整个房子渐渐变得暖和了。

这是欧妮和丈夫叶尔卡在阿敦乔鲁冬窝子的家。

每年的11月初,他们都从夏牧场赶着羊群来转场到这里来越过这漫长的冬天。

欧妮家现在的房子,是今年夏天建起来的红砖房,像一个永久居住的家。

新房子就在旧房子旁边,旧房子是用在戈壁滩捡来的石头垒起来,是个半地窝子式的房子,冬暖夏凉。新房子盖起来以后,旧房子就成了一个小仓库了,储藏一些人和羊群过冬用的必需品。

新房子里被女主人欧妮收拾得干干净净的,一切物品都有条有序地排放着。比如，叠得整整齐齐的被褥，擦得发亮的奶茶壶等。一切都显得很从容得体，像一个长久居住的家，一点都看不出他们是在这里度过一个冬天就搬走的迹象。种种迹象表明他们好像是在过着定居的生活，而不像在游牧。

日子就像炉膛燃烧着的羊粪火，温和、平静、从容。

牧民的家在心里，只要心灵的家园在草原生了根，草原就是永远的家了。

房子背后，就是叶尔卡家的羊圈。是他们家三百多只羊越冬的地方，羊圈是用戈壁滩上的石头垒起来的，整个羊圈呈椭圆形，因为石头大大小小的形状不一，垒在一起显得厚实。拥挤的石头上面，整齐地摆放着前一年从羊圈里挖出来的羊粪，一块块的像垒起的褐色石板，这是叶尔卡一家过冬的燃料。

在牧民们的心里干羊粪是上好的燃料，与他们的日常生活息息相关，一年四季烧火做饭，到了冬天用来取暖。羊群在冬窝子里度过一个冬天，就积攒下一层层厚实的羊粪。第二年春天来临的时候，牧民们便将冬窝子里的羊粪像挖石板一样，一块块地挖出来，认认真真地将这些大块的羊粪整整齐齐地磊在冬窝子周围的围墙上，远远望去像一个木头围起来的栅栏。

在温泉的大草原上，所有蒙古族牧民的冬窝子里都有这样一道风景。

这些羊粪饼，经过一个夏天的晾晒，等到每年的11月份，牧民们从夏牧场转场回到这里的时候，羊粪饼已经没有任何水分了。

我在叶尔卡的家里，仔细地观察了羊粪燃烧的全过程，这些干透了的羊粪饼极容易燃烧，燃烧时烟很小，火焰为淡黄色，火势温和，燃烧尽的灰渣为淡白色。撒到草原上不但没有任何的污染，而且还是极好的肥料。

整个冬天，牧民们的生活都被这种温和的火焰温暖。

女主人欧妮很娴熟地将一块较大羊粪饼用榔头从中间轻轻地敲开，然后抖掉敲击产生的粪沫，放进炉膛里。用抹布将烧奶茶的壶擦了好几遍，她生怕茶壶上留下半点灰尘，这是她每次烧奶茶前的习惯。

忙完了这一切，欧妮到房子外面取回来了刚刚宰杀的羊肉，她想用来招待我们,温泉大草原上的牧民热情好客是出了名的。

羊粪火慢慢炖出来的羊肉是鲜嫩可口的。

叶尔卡说,因为羊粪火很柔。

羊粪火烤出来的馕,很香,但是从来不糊。

叶尔卡说,因为羊粪火是圣主成吉思汗赐予牧民的。

羊粪火温暖了冬窝子里所有的故事。

城市的马车

透过山的臂弯,城市睁开了眼睛。圣洁的雪峰,让整个温泉县城都舒服地眯着眼睛。这一刻城市清醒而宁静,宁静得似乎可以听到心跳的声音。

太阳从别珍套山上冉冉升起,小城新的一天开始了。

一匹套在车上的马静静地停在城市马路边上,显得很从容自然。他的主人或许到附近的商店去买东西了,买完东西又碰到了久未见面的亲戚或者朋友于是就聊了起来,忘了马车还停在路边。

在我这个外来者的眼里,这辆停在城市中心马路边的马车,与这现代设施的城市极其不协调。在我的概念里马车怎么能够在城市的中心呢?马车应该是行走或者停靠在乡间草原上的,那样才会更加合乎逻辑。

这个县的作家朋友告诉我,温泉县是山的城市,是草原的城市,一辆马车停靠在城市的马路边是再合适不过的了。

在温泉县,草原连着城市,城市牵着草原。城市是草原的大脑中枢,草原是城市的肌肤。血肉相连,一脉相承。这样,一辆停靠在马路边的马车就再合适不过的了。

马车上装着几张刚宰杀不久的羊皮,参差不齐地叠放在马车上,羊皮上血印迹还没有完全干去,看来是主人从家来拉到城市里卖的,只是暂时还没有找到合适的买家,马车停靠在路边,收购羊皮的人自然也就可以看到,就会自动找来的。

车上还放着几个化纤的编织袋,估计袋子里是主人刚买来的面粉或者大米。牧民在为即将到来的春季产羊羔作准备。

这个季节是草原上的牧民相对清闲的一段日子,再过一段时间就是春季产羊羔的季节了。那是温泉大草原上一年中最为忙碌的季节,一年收成的好坏,一个产羊羔季节就基本上定型了。

在这个城市里马车走进城市是平常不过了,马车把草原上牧民的梦想带进城市,把城市的味道、气息和实实在在的物资带回草原。停在城市马路边上的马车承载着牧民的日子,平淡、真实。

叶尔羌秘韵

八月的叶尔羌河流域是炎热的。从塔克拉玛干沙漠吹来的沙尘弥漫在天空中,整个夏季这里的天几乎都是乌蒙蒙的,空气里没有多少水分。在这个季节,我在友人史彬的陪同下闻着巴楚烤鱼的香味一路走来,去采撷巴楚那烤制了千年的文化韵味,去品味叶尔羌河千百年来辗转不屈奔流不息的性格。

在西域辽阔的疆域上,风沙肆虐,沙漠无垠,河流注入其中,尤其显得妩媚和雅致。于是沉睡着的大漠有了生机,绿洲成了这片土地上的精彩华章,千百年来演绎着文明步履。

古老的叶尔羌河弯转着流进巴楚县境内,养育着几十个民族。叶尔羌,维吾尔语,意为"土地宽广的地方"。叶尔羌河是塔里木河四源之一,它发源于喀喇昆仑山脉,河源头由拉斯开木、阿克塔盖两河在喀喇昆仑山口黑巴龙克汇合而成。全长996公里,自西南流向东北,流经喀什地区、克孜勒苏柯尔克孜自治州、和田地区和阿克苏地区。流域面积为10.8万平方公里,平均径流量74亿立方米。目前年均向塔里木河输水1.7亿立方米。灌溉塔什库尔干、叶城、泽普、莎车、麦盖提、巴楚六个县和农三师十个团场共433.34万亩耕地,是喀什地区的第一大河流。

在昆仑山的北侧的山脚下,有一个几百人的小村庄,居住着刀郎人的祖先。他们以狩猎和捕鱼为生,日子过得平淡,但是幸福和谐。一个叫叶尔羌的巴郎就出生在这里。叶尔羌三岁那年,父母因病双亡,淳朴善良的父老乡亲却把他当作掌上明珠,全村无论是哪家有好吃的首先想到的是叶尔羌,随着岁月的流逝,叶尔羌吃着百家饭渐渐长大了。

有一年,叶尔羌的家乡遇到了一场百年不遇的干旱,庄稼旱的干焦了叶子,乡亲们对着苍天祈祷老天保佑。村庄里的长者们商议后决定,从年轻力壮的巴郎子中挑选一名聪明勇敢的去寻找水源,许许多多的巴郎子都在踊跃报名参加,叶尔羌也在其中。叶尔羌聪明和智慧是村庄里人人皆知的,可是叶尔羌是个可怜的孩子,乡亲们舍不得让他去。然而,叶尔羌却积极要求前往,他觉得这是报答乡亲们养育之恩的好机会,是乡亲们把他养大的,他一定要为乡亲们做点事情,他的决心打动了许多人。临行前,乡亲们为他准备了馕、葡萄、水,他带着乡亲们的信任和期待就上路了。

叶尔羌风雨兼程,一路坎坷翻山越岭,风餐露宿,身上带的馕、葡萄、水早就用光了,他只好吃野果、野菜,坚持着走下去。可是几个月过去了,他还是没有找到水源。在一座大山的山顶,叶尔羌疲惫不堪地睡着了。他做了一个梦,梦中一位鹤发童颜的老人来到了他的面前说,你为了一村人受苦了,你是个好人,我这里有一个葫芦你把它拿好,回到家乡找一个最高的山,你站在山顶上倒下去就有水了,但是你一路不能停下来休息,有可能要付出生命你能做到吗?

"我能!"

叶尔羌大声地答应着就醒过来了,当他睁开朦胧的双眼,才发现自己做了一场梦,再仔细一看,身边就是放着一个葫芦。叶尔羌把葫芦别在腰间,就匆匆踏上了回家的路。

回到村庄的路口，他没有先回家，而是跑到最高的山上，按照老人的交代将葫芦的水往山下倒去。刹那间，从葫芦里滴出来的几滴水变成了一条波浪翻滚的大河，叶尔羌兴奋的大喊大叫起来。由于兴奋过度和极度的疲劳，叶尔羌一下倒在了地上再也没有起来。

有了水，干枯的树木变绿了，大地有了生机。渐渐地水里有了鱼，后来鱼多的怎么也捕不完，许多的乡亲开始以捕鱼为生。

为了纪念叶尔羌的壮举，乡亲们给这条河起了个名字——叶尔羌河。

有了水，土地便有了灵气，有了生机。在叶尔羌河流域居住的刀郎人是维吾尔族人的一枝，最初是以捕鱼为生。那个时候，叶尔羌河的水很大，河两岸生长着茂密的胡杨、红柳。巨大的胡杨已经有几千年的寿命，人们将粗大的老胡杨树做成小船在河里划水捕鱼。

由于地处塔克拉玛干的腹地，生活在这里的人们很少有与外界交流的机会，生活方式和生活条件都极为原始和落后。但是，他们捕鱼的方式却很独特。一个人或者多个人划着胡杨筏子在叶尔羌河里飘荡着，一旦发现有鱼游过来，他们就会身手极为敏捷地将鱼梭刺向鱼，一条鲜活的鱼儿便被高高地举在了空中，捕鱼者则会兴奋得手舞足蹈。整个捕鱼的过程，在短短的一瞬间就完成了。然而，捕鱼者幸福的心情将会延续很久。如果捕鱼者运气好，遇到大鱼，几个捕鱼者同时将鱼梭刺过去，一条几十公斤的鱼儿就被捕获了。

已经80岁高龄的维吾尔族老人阿合买提，回忆起当年捕鱼时的情景，脸上立即浮现出幸福、快乐的表情。他说，捕鱼是为了生活，更多的时候是为了享受捕鱼过程。当鱼被自己用鱼梭高高地举在空中的那一瞬间，那份成功的喜悦是无法说清楚的，他捕过最大一条鱼是五个人合力捕获的。

他说，当他们的鱼梭一起刺进鱼腹时，那条蹦动着的巨大力量将他们的鱼筏掀翻，五个人几乎同时落水，而那条鱼身上带着长长的鱼梭游走了，大鱼殷红的鲜血从水里冒了出来。阿合买提等五人重新爬上鱼筏时，那条大鱼已经游出了很远，水里飘着血迹。他们顺着大鱼逃走地的方向追了过去，一直追了十几公里，终于在日落前，在一处浅滩发现了那条被刺伤的鱼。此时鱼梭还插在腹中，那条鱼很大，三个人才合力将它拖上岸。

那天晚上，全村一百多口人像过节似的共同享用了那条鱼。当篝火燃起的时候，被分解成若干片的大鱼，被人们用红柳棍穿了起来放在或火上烤了起来。空气中飘着烤鱼的香味，这个时候，欢快的木卡姆响起来，全村男女老少跳起了麦西来甫。

　　那个时候人们烤鱼的方法比较简单。将新鲜的鱼捕上岸后，用随身携带的小刀将鱼从背上切开，用细长的红柳棍穿上，点燃干枯的红柳或者胡杨枝干，待大火燃后，把鱼架在炭火上烤，反反复复直至把鱼烤成金黄色。此时的鱼已经是外焦里嫩，新鲜可口的了。

　　斗转星移，随着时间的推移，这一带刀郎人烤鱼的方法也发生了变化。烤鱼者先把鱼切开把事先准备好的盐、花椒粉、胡椒等均匀的撒在鱼身上进行酿制。半小时后，再放在火上烤。最初，人们烤鱼是随便找个地方捡来干树枝，在地上挖个坑就可以烤了。如今，人们烤鱼是将腌制后的鱼放在精致的烤炉上进行烤制。烤鱼用的佐料也越来越讲究。鱼在炭火上烤到微黄时，便将孜然粉、辣子面等佐料均匀的撒在鱼身上，佐料的多少，则根据食用者的口感、爱好而定。

　　烤鱼用的燃料也是十分讲究的，用干枯的红柳或者胡杨作为燃料，烤制出来的鱼，味道鲜嫩，口感纯正，而用煤烤出来的鱼即使其他工序都一样，味道也大相径庭。如今在都市的夜市上，挂着各类招牌的烤鱼，可没有巴楚传统烤鱼的气息和香味。

　　为了让我更真实地体味叶尔羌河烤鱼的原始味道，皮恰克松地监狱的政委马生贤特意找来了烤鱼高手艾山江，让我品味了从杀鱼，腌制、到烤制的全程，艾山江还让我体验了一下烤鱼的感觉。

　　在叶尔羌河流域，人们不仅使用这样的方法烤鱼，同时还用这样的方法烤羊肉、鸡等，烤出来的味道也是妙不可言的。

　　让人遗憾的是，随着叶尔羌河的萎缩，鱼也越来越少。当年，那种用胡杨或者红柳杆插鱼的场面就再也看不到了。但是，刀郎人在叶尔羌河流域生活的原始文化底蕴，却流韵千年……

喀什噶尔的天籁

　　如风吹拂过喀什噶尔古老的街巷，似火燃烧出巨大的激情释放在昆仑山下的古城。

　　在喀什，木卡姆、都它尔、弹拨尔、沙塔尔、艾介克、卡龙琴等数不清的民族乐器，发出精灵般的音韵似天籁之音，弥漫着、覆盖着这座有着几千年历史文明的古城。它的律动，有时热烈得可以穿透无垠的沙漠和巍巍昆仑；有时悲伤得让一片树叶落泪，令人揪心的声音如风刮过胡杨林。木卡姆的沉思、沙塔尔长调的叹息，永远诉说着一个古老民族亘古不变的文化情结。

　　维吾尔族人民能歌善舞，歌舞总离不了乐器，因而，维吾尔族的乐器种类繁多，有弦鸣乐器、气鸣乐器、膜鸣乐器和体鸣乐器等四大类几十种。

　　维吾尔族民间音乐活动的内容、形式丰富多彩，在不同的地区和不同的音乐生活现场，有不同的乐器与乐器组合演奏形式。

　　自娱自乐的乐器独奏，是最普及的一种形式。它遍及农民、小手工业者、其他劳动者，以及城乡各个阶层，如牧人牧放畜群在草原；牵驼人跟驼队跋涉在瀚海戈壁上，常常用乃依吹奏《放牧人》《商队》等悠扬的乐曲。

　　农民在劳动之余在林荫、果园，用巴拉曼吹奏些民歌曲调或者用热瓦甫弹奏些舞曲、民歌套曲等，解除劳动的疲劳。

　　日常生活中通常用声音比较柔和的都它尔、弹布尔，弹奏些乐曲、舞曲，或者自弹自唱些优美的民歌，以抒情怀。

　　我孤身走在喀什噶尔古老的街巷里，用心听着这妙曼的天音，震撼、惊讶之余，便产生了寻访的念头。无论是木卡姆，还是沙塔尔，那弹琴人是谁？那做琴的人又是谁？那各种琴弦又是怎样诞生的？我对这一个又一个诱惑我的谜团兴趣正酣。那西域特有的《十二木卡姆》的经典韵律，引领着我一路走来。

那条令中外游客向往的地方，就是喀什手工艺品一条街。这条街座落在喀什市中心，街道并不算宽敞，由于店铺铺陈紧密似乎显得有些拥挤。街道两旁的手工艺品从印花土布、金银首饰、手工木器、陶器到民族乐器应有尽有。在这里只有游客没见过的手工艺品没有游客需要找不到的。

我循着音韵直接走进了一家民族乐器店。此时，店里正有三个俄罗斯年轻人兴趣正浓地在挑选着乐器，从他们的表情里可以看出来，他们的惊喜程度不亚与发现了新大陆。由于语言不通，他们讨价还价的方式很独特。他们和老板之间轮换着在一台计算器上，按着自己认为可以接受的价格，反复几次后他们开始握手。从他们各自的笑容中，我读懂了他们的交易很快就达成了。付完乐器钱，三个俄罗斯年轻人又拉着老板，一个年近六十岁的维吾尔族老人合影。

我仔细地环视了一下店内，店铺不大大约有四十多个平方，但是布置的却错落有致，井井有条，柜台上以及墙壁上有序地摆放着各种乐器，如木卡姆、热瓦甫、都它尔、艾介克、胡西塔尔、苏奈、羌、达甫、(手鼓)、纳格拉(单面鼓)及塔吉克族的纳依(鹰笛)、哈萨克族的冬不拉和柯尔克孜族的考木孜……另外，还有仿真乐器制作的像儿童玩具一样的乐器收藏品。

这家乐器店的老板叫艾力。他介绍说，他们家祖祖辈辈制作乐器，到他这代已经第五代了，如今他的儿子是第六代传人，继承了祖传的制琴手艺。他店里除了28种维吾尔族乐器外，还有哈萨克族、塔吉克族、柯尔克孜族的乐器。他家如今有四个店铺，分散在喀什、乌鲁木齐等地，店里的所有乐器都是他们自己手工加工出来的。

据艾力介绍，从前，新疆喀什市的乐器业大都采取家族式经营方式，各种乐器的制作、手法和技巧只能传给自己的儿女或是亲属，绝对不外传。尤其是当地维吾尔、塔吉克和乌孜别克等少数民族人民喜爱的弹拨弦乐都它尔、热瓦甫等古老乐器，整个制作过程难度大、技术要求高，只有那些经验丰富的匠人才能做出来。

他家的乐器选用的是上等的材料，精工制作，乐器音质优美在当地是很有名气。有好几个国家的乐器商人订过他家的货，一个巴基斯坦的乐器商人，每年都订几百件乐器。

艾力说起自己家的乐器店是如数家珍，眼睛里闪动着幽默、智慧、幸福的光泽。

艾力在十岁那年，就开始跟着爷爷和父亲学习制作各种乐器，制作乐器不是所有的人都可以成功的。一个好的乐器制作人，首先应该是优秀的琴师，否则是制作不出来上等乐器的。艾力自小聪慧过人，对民族音乐有着特别好的悟性。因此，造就了艾力不但是个出色的维吾尔族民乐器制艺人，还是个优秀的民间演奏家。他不但会演奏多种维吾尔族民间乐曲，而且还可以用哈萨克族的冬不拉，塔吉克族的鹰笛演奏。

说到了兴奋处，艾力便顺手拿起了一把挂在墙上的热瓦甫很投入地演奏起来，维吾尔族民间经典名曲《十二木卡姆》的音韵，像流水的律动悄然而至，接着他略带沙哑而高吭的歌唱像燃烧的火感染了在场的人们。

艾力拿出了一张照片，说这是他在深圳世界民俗村留的影。1990年至1991年，他被民俗村聘为民间艺术演奏员，还曾经接受过中外多家媒体记者的采访。

这些乐器是怎么做出来的，我越来越好奇。艾力说，一两句里说不清楚的，因为一件乐器的诞生，从选料到成品需要几十道工序。于是他便邀我到他家去做客，参观一下他家的乐器作坊及制作过程。

这是我求之不得的事情，哪还有拒绝之理？当我走进艾力家的时的时候，他的小儿子正带着他的四个徒弟忙碌着。院子里摆放着热瓦甫、都它尔、弹拨尔等乐器半成品。

艾力拿起一件即将完成的热瓦甫说，现在弹热瓦甫的人多，我们做的也就多了。它的材料是选用的上等核桃树、桑树、桐树等材料制作的。它的音箱为半球形，用羊皮、驴皮、马皮或者蟒皮蛇皮做面。琴劲细长，顶部弯曲。琴身、琴杆和琴头上端用兽骨镶出美丽的图案，一件乐器变身后，它既是一件民间乐器，又是一件可供收藏的工艺品，因此，它的每一道工序的要求都非常严格。就热瓦甫上端的装饰图案而言，工匠们就要先在纸上划好图，然后描在选好的乐器材料上，再用专用工具刻出小槽，把所要装饰的饰品材料一一镶嵌过去,所耗费的工时之多是可想而知的。

我仔细地欣赏这些工匠们的每一个动作,像是在品味一副立体的画卷,这可谓是一个民族瑰宝,至高至尚。工匠们把自己的手艺及制作的乐器都看得很神圣,他们制作的心态可以用虔诚诚来形容。这难道不是民族音乐,乐器千年不衰,千年不退色的根源所在吗?

一把小刀,一座小城

一把小刀闪亮了一座城市,一把小刀闪亮了一个民族,这个城市就是英吉沙,这个民族就是维吾尔族,我是慕着一把小刀的光亮一路走来的。

我在新疆工作生活多年,从到新疆生活的那一天起我就与小刀"结缘"。记得20年前一个春天的傍晚,我刚一走出乌鲁木齐火车南站,一群巴郎把我团团围住,手里都拿着明晃晃的小刀,着实把我吓了一跳。等我惊恐了一阵之后才明白过来,原来他们是向我兜售小刀的。那些小刀小做工考究,刀体平滑光亮,刀柄镶嵌宝石、金银等原材料组合成俏丽对称的民族图案,加上轻巧华丽的各式刀鞘般配,使这一工艺品更加增色添辉,既实用又美观。刀面上刻着"英吉沙"三个字。从那时起我就喜欢上了这种小刀,也记住了"英吉沙"这个名字。

在新疆有四大名刀,即英吉沙工艺小刀、伊犁沙木萨克折刀、焉耆陈正套刀和莎车买买提折刀。而其中英吉沙小刀以其精美的造型、秀丽的纹饰和锋利的刃口而最负盛名,居于四大名刀之首。

我一直有着收藏的嗜好,当然从那时起,我又增加了"英吉沙"小刀的收藏内容。尽管多年来我也收藏了几十把做工精美的小刀,但是,一直想亲眼目睹一下"英吉沙"小刀诞生的全过程,领略一下"刀乡"的风采。

终于在那年8月,我随着一个采访团赴南疆采访,来到了英吉沙县。

英吉沙小刀已有四百多年的生产历史,四十多个花色品种。一把英吉沙小刀一般长度十几二十来公分。最大的达半米以上,最小的仅两寸左右。它们造型各异。如月牙、如鱼腹、如凤尾、如雄鹰、如红嘴山鸦、如百灵鸟头,无论何种式样,做工都非常精细,外观赏心悦目。且不说它的锐利无比,那是许多刀具所共有的,新颖、别致是英吉沙小刀的特色。表现在刀柄上尤为突出,有木质的、角质的、铜质的、银质的、非常讲究。无论哪一种刀把,英吉沙的工匠们都要在上面镶嵌上色彩鲜明的图案花纹,有的甚至用宝石来点缀,玲珑华贵,令人爱不释手。

关于英吉沙小刀的诞生,还有一个美丽的传说,据说在大约四百多年前,英吉沙干旱缺水,土地瘦瘠,人民生活困苦不堪,真主以慈悲为怀,降福苍生,于是,他暗中指点一位刀匠精湛绝伦的制作小刀的工艺,让他传授给贫困的乡亲作为谋生之本。没有想到,一传十,十传百……从此,英吉沙小刀名声大振。

还有一个传说。久远年代的英吉沙是个水草丰美、牛羊肥壮的地方,生活在那片土地上的的人们安居乐业的过着幸福的生活。后来突然有一天,遮天蔽日,狂风怒吼,飞沙走石,从沙漠里来了一只喷沙吐风的怪兽,几乎一夜之间,莺飞草长的草原变成了寸草不生的荒漠,奔腾不息的河流一下子干枯了。

为了保卫家园,人们纷纷拿起了棍棒、坎土曼,与怪兽展开了激烈的战斗,然而善良的人们根本不是怪兽的对手。因为怪兽非常凶猛,许多的人为此丢掉了丧了命。一个名叫阿斯尔的维吾尔小伙子为此伤透了脑筋,日不进食,夜不能寐。一天夜里,他睡着了,做了一个梦,梦里真主安拉送给他两把精巧锋利的小刀,刀柄上镶嵌着各色闪光的宝石,同时告诉他带上这两把小刀可以降妖除怪。醒来之后,阿斯尔果然看到自己腰间有两把精美的小刀。阿斯尔激动无比,立刻跑去告诉乡亲们,并且号召大家向怪兽发起进攻……阿斯尔从腰间拔出那两把小刀挥舞着刺向怪兽,当怪兽面目狰狞的扑向阿斯尔时,只见他手中的匕首的手柄闪着束束耀眼的蓝色、红色、黄色的光,刀光与各耀眼的闪光会合成一束更强大的光束直刺向怪兽的双眼,只听怪兽一声惨叫之后落荒而逃。

原来，是耀眼的闪光把这只怪兽吓跑了。从此，人们就把珍珠宝石镶嵌在小刀的刀柄上，用来降妖除怪。有了珠宝眩目的光芒和锋利的小刀，怪兽从此就消失了，美丽的家园又回到了人们手里，英吉沙的维吾尔族人就更加喜爱小刀了。

传说是美好的，至于它的真假并不重要，重要的是英吉沙小刀从此成为了维吾尔族民间手工业者的传世绝技。

英吉沙小刀的广为流传、使用以及手工艺的发扬光大，与当地人的生活习俗相关的。从古至今，生活在西域的少数民族，大都有善骑尚刀的习惯，在他们的日常生活中，游牧时需要是工具，生活上食牛羊肉需要宰剥牛羊或切割肉块。于是，轻便锋利的刀具便成为他们的首选。

维吾尔族和哈萨克族成年男子，都喜欢随身带一把刀子。最初，仅仅是为了日常生活中切肉、杀瓜、宰羊，后来延变成男人身上的装饰。维吾尔人喜欢大块牛羊肉，尤其爱吃烤全羊、手抓羊肉、熏马肉。每当结婚、出嫁、老人过寿、巴郎割礼，许许多多的亲朋好友众坐的筵席上，当美味飘香的牛羊肉端上时，宾客们便纷纷亮出各式各样的刀子。这些小刀造型美观，做工精细，刀柄上用白银等镶嵌出了吉祥精美的图案，刀刃锋利无比。谁的小刀精美漂亮，人们就会争相传看，相互欣赏，于是，在喜庆的气氛中便多了关于小刀的话题。在维吾尔族民间亲朋好友之间，相互增送小刀增加感情也是常有的。

在买买提家的院子里。我有幸目睹了一把英吉沙小刀诞生的全过程。

年逾六旬的买买提，从15岁就开始跟随父亲学做小刀，在村里是出了名的制刀高手，一直以做小刀为生。慕名找来订做刀子的人很多，因此他家的生意很红火。

此时，他家宽大的院子里土制的大火炉，炉火正旺。铁锤的敲击声和沙轮转动的嗡嗡声，让整个院热闹非凡。

买买提的小儿子买买提肉孜，将烧得通红的一块长条形的钢板，从炉火中用夹子夹出来，放在铁砧子上，有节奏地锻打起来，重复着一个工序一直将钢板锻打出了刀子的模型，然后又放到了炉火中，烧红了再进行锻打。大约一个小时后，锻打结束了，接下来的工序就是在沙轮上打磨刀刃。

从打磨刀刃开始,工序就变得越来越慢、越来越精细了。在一把英吉沙的小刀诞生过程中,最精细的工序就是刀柄的镶嵌,用料的挑选、颜色的搭配等都是有讲究的。而最见真功夫的工序就是,刀刃在沙轮上打磨完成以后,外形上一把刀子的主要工作完成了。事实上,这时刀子并不锋利,工匠们就将刀刃放在火中烧,然后拿出来突然放入水中,反复几次直至他认为刀刃的锋利度足够了为止。这个工序如果掌握不好,要么刀刃不锋利,要么刀子没有多么柔韧度,容易在使用的过程中被折断。最后一道工序,是在刀柄上镶嵌出了吉祥精美的图案,这个过程比较慢,它讲究配料和图案的设计。

打造一把小刀,大约需要半天的时间,在这半天里我反复观察着买买提的每个动作。买买提的每一个动作都很仔细,他做刀的动作很慢但是很有节奏,他把做刀的过程当成一次享受。当一把小刀完成了所有的程序后,买买提都会在仔仔细细地看一遍,他脸上露出的笑容显得是那样的幸福。

英吉沙县,究竟有多少人在制作小刀,恐怕很难统计出来一个具体准确的数字。在这里几乎是村村锤响,户户冒烟。一个炉台、几把铁锤、一把挫刀、一个沙轮、一个铁枕就是一个英吉沙小刀的作坊。

在新疆,一把小刀形成了一种文化,一座小城因为小刀而成了"刀城",这就是英吉沙县。

和田采玉人

在我的想像之中,和田那些盛产美玉的山川河流一定会有海市蜃楼一样的景观和扑朔迷离的故事存在。尽管我在新疆工作生活了许多年走过了许多的地方,由于和田的遥远,一直没有成行。

去和田感受和田玉的温润、祥和,去体味和田山水的雄伟和灵气是我很早就有的想法,没想到这个想法让一个和田朋友的话促成了:"不到和田是个永远的缺憾,来吧,我在和田迎接你。"

于是,在七月我就这样踏上了去和田的路。

和田一年中多半的时间是沙尘暴,我们的车从喀什出发500公里的路程还没有过半,沙尘暴就铺天盖地地来了,远处黄褐沙尘在短短的几分钟之内就已经形成了遮天蔽日之势。天也越来越暗,如古战场上的战马嘶鸣,金戈相击,杀声震天以及鬼哭狼嚎的惨叫之声。我们的车也只好停下来,躲避这场沙尘暴,尽管我也想到了可能要遭遇沙尘暴,但是,没有想到来的这样突然,还没有到达和田老天就给了我一个下马威。

大约半小时后,沙尘暴强劲的势头开始减弱,远处的被风吹动的细沙像大海起起伏伏的波浪在柏油路上缓缓流过,并且不留下任何的痕迹,沙子细腻圆润,形成了一到独特的风景线。

到达和田市时,已经是下午18时了。让我更没有想到的是天上下起了小雨,我的朋友兵团农十四师卫生局局长杨海洲风趣地说,雨在欢迎你的到来啊! 他告诉我和田几乎不下雨,可以说是滴雨贵如油。

和田一年中多半的时间是沙尘暴,天上下雨,对和田人来说是一件极为幸福的事情。所以,那天晚上大家的兴致特别高。雨,也就下了一夜。

我曾经在江南梅雨里踽踽独行,在细雨的缠绵里去寻找空闲,那飘逸的小雨如丝如缕,足以慰藉我内心的孤寂和落寞。那里深深的小巷和色彩多样的油纸伞或者花洋伞,那伞下定会有浪漫的故事在上演。

在西部在塔克拉玛干沙漠上体会"梅雨"般的轻柔,是一般人少有的经历,或者不曾想也不敢想的"天方夜谭",我偏偏经历着、品读着……

次日早晨,我们准备出发上昆仑山探源玉石之源时,雨就下大了。街上的行人却很多,许多人是走出家门来感受雨的。三五成群的人们在雨中漫步,在其它地方是很难看到的。江南的雨季中,人们是在躲雨,而这里人们是专门出来"沐雨"的,两种心态,自然也就会产生两种不同的心情。位于和田市东郊的玉龙喀什河,由于连续降雨河水暴涨,浑浊的河冰夹裹着泥沙奔涌而下。

这是一条流淌着玉的河流,它发源于昆仑山。昆仑山上等的籽玉顺流而下,于是河边就有了许许多多的采玉人。在河流涨水的季节采玉,当地人是赤脚下到水里用脚去"踩",去感觉,有经验的采玉人,脚只要一踏河里的玉石,就会感觉到是什么玉,至甚质地如何?

河边的公路上,成群结队的维吾尔族妇女和巴郎,在雨中向过往的行人售着玉石,讨价还价,形成了和田一道特有的风景。

出了和田,便是一望无垠的沙漠了,这时雨越下越大。沙漠里的一些植物比如胡杨、红柳、梭梭、骆驼刺,本来在干旱的沙漠里已经变成了浑黄的颜色,有的已经接近死亡的边缘,这场雨一下又开始返绿了。几只骆驼听到汽车的声音开始奔跑起来,它们的奔跑惊动了几只躲在红柳丛中的野兔,这个场面有点像非洲的大沙漠。

我们离昆仑山就越来越近了。

在古代,人们就认为昆仑山是"万山之祖",它高大雄巍且盛产美玉,故受到极大的崇拜。而和田玉的存在,又使昆仑山更加著名。

关于玉的传说,就像玉本身一样美妙、神奇。相传在远古的时候,在昆仑山居住的"西王母",曾经将一块"白环玉玦"献给周穆王。周穆王大悦,他在西行巡狩时登上昆仑山赞许:"惟天下之良山,宝玉之所在。"在汉代官府就曾经派人上昆仑山查找产玉的河源:"河源出于田,其山多玉石。采来。天子按古图书,名河所出山曰—昆仑。"所言之山就是昆仑山。《天工开物记载》:"凡玉,贵重者尽出于阗。"说的就是今天的和田一带。开采山玉的历史具体年代,目前尚无法考证。采玉大致经历了民间采(1761年前)、官府和民间合采(1761~1821)、民间采(1821年以后)三个阶段。

十九世纪初,一个叫拖达昆的人,在山里射中了一只牦牛,牦牛带箭而逃,血流了一路。猎人认为,牦牛必死,于是就顺着血迹一路找去,当他翻过了几座山终于找到了死去的牦牛。让他欣喜的是,牦牛旁边一块精美的奇石,白如羊脂,猎人放弃了牦牛抱回了石头。后来商人用两峰骆驼、一匹换走了那块美玉,商人同时让猎人把他带到发现奇石的地方。这就是位于海拔4000米以上的克里雅河源头的世界上著名的白玉矿--阿拉玛斯玉矿。于是,商人便在这里开采出来大量的上等白玉,阿拉玛斯矿所产的上等白玉质地光华色泽润亮就是"羊脂玉"。

到了民国时期,天津商人戚春甫、戚光涛兄弟俩也在这里进行开矿采玉。他们兄弟俩采出来的三分之一是白玉,渐渐地他们的玉矿所采之玉出了名,人们习惯地称之为"戚家坑"。后来,"戚家坑"就成了和田玉的别名。再后来,戚家兄弟衣锦还乡之时,把玉矿转给了一个姓杨的商人,人们又叫它为杨家坑。

经过一天的汽车行程,接下来就没有公路了,我们开始换成骑马。通往昆仑山玉矿的路越来越崎岖,刚开始我还陶醉在骑马的新奇浪漫之中,慢慢的路上的颠簸旅途的劳累,让我真正感觉到马背上的艰辛。第三天,我们已经到了海拔3500米,路就更难走了。马在这里已经不适应了,我们开始换上了毛驴,氧气也越来越少。

在穿越阿拉善沟时,由于山上也下了雨,洪水冲了下来,淹过膝盖,如果不用力拉着毛驴,毛驴就会停止不走。洪水夹着融化的雪水寒冷刺骨,我们只好在这山洪中艰难前进。出了沟,不久我们又接着翻越了几个大坂。向导木拉提告诉我们,再攀越一处悬崖就到了。

绳子从悬崖上垂下来,行人的脚踩的地方是一些小石窝窝。下面是一个几千米深的沟壑,人一旦失足,后果不敢设想,我不更敢想象采玉人是怎样把玉石通过这样的路运下山的。

这里的路就像天路。

木拉提在我的腰间捆上了保险,他紧紧地跟在我的身后,尽管如此我的腿还是不停地发抖……

我们久经磨难,才到达海拔4500米的"戚家坑"附近的玉矿。采玉人的工作很艰辛,他们开矿的同时,还要再找新矿,探矿要知道玉石的形成过程,什么样的岩石里有玉石,才有可能找到新的玉矿。玉矿不像煤矿,煤矿选一个矿点就可以采三、五年,甚至几十年。但是玉矿不一样了,主要是碰运气,如果是找到的是一条比较好的玉脉,一次就开完了。怎么办?只有再去探矿,有时连续追了几天,矿脉突然断了,所有的工作还要从头再来。

在山上的时间很珍贵。采玉人一般四月份上山,仅生活给养和开矿的工具搬上山就得一星期,再适应几天这里的气候,半个月就过去了。到了十一月大雪封山，一年的采玉季节就结束，所以运用好在山上的时间是非常重要的。

开矿的第一声炮响是最激动人心的。放炮前，矿长要站在最高处，高喊"放炮啦……"喊声里带着几分期待和自豪，几声炮响后，采玉人像土拨鼠一样从藏身处爬出来，跑到放炮点上去寻找玉石，如果没有希望他们还得换地方。

采玉人吐拉洪说：人人都知道和田玉是玉中极品，可是又有谁知道玉石是采玉人拿命换来的？

矿工们一大早吃过早饭就上工了，从宿营地到矿点近的要走20分钟，远的要走一个小时的山路。采玉人的工作生活枯燥而且艰苦，白天是繁重的体力劳动，几月个月不见一根菜，就靠清水泡馕过日子。采玉人按部就班地重复着自己的工作、生活。在炸开的石头里，工人们拣出较完整的、品质较好的玉石放进袋子里。

到了晚上漆黑一片，这是采玉人最难熬的一段时间，采玉人大多为青壮年，山上清一色的男人，想情人、想老婆、想女人，煎熬着这些男人们，因此他们聊天的话题大多是关于女人的。

小伙子们围坐在一起，弹起热瓦甫，没有手鼓，就找来一个空塑料壶，乒乒乓乓地敲起来，与其说是弹唱不如说是发泄。卷一支莫合烟，叼在嘴上，狠狠地抽上几口，很有滋味地把烟雾吐出来，日子就这样一天天地燃烧着。

开采出来的玉石往山下运输，是个自古以来都没有解决的问题，不要说公路，就是人行的羊肠小道也没有，路在悬崖上、在河道的乱石上。开采出来的玉石主要是靠人抬或者肩扛，把玉石转移到地势稍微好一点的地方，再用毛驴驮。在运送玉石下山的途中，许多人坠崖身亡，玉石之梦，与玉石俱焚。有这样一句顺口溜："取玉最难，越三江五湖到昆仑山，千人往，百人返，百人往，十人返。"尽管如此，美玉的诱惑下，采玉的人们仍然在前赴后继纷涌而来。

我的这次昆仑山玉矿之旅，采玉人带给我的震撼远远超过了和田玉本身，美好的东西往往与残酷、名利纠缠在一起。

巴特尔的天堂

　　骏马在大地上自由地奔腾,羊群在草原间悠闲地吃草,儿童在草地上漫无目的地玩耍,妇女在蒙古包外面挤着牛奶,远方的草场上男人在放牧着羊群、牛群。这个时候恰好天是蓝的,还有几朵白云很耀眼地悬在高空。

　　最初,我对于草原上的牧民生活理解就是这个样子的。

　　这就是牧民的天堂。

　　实际上,我的这种理解是很片面的,太理想化了,太诗意化了。

　　牧民的生活远远不止这些。生活在温泉大草原上的牧民,在生活中表现出来的那种从容、冷静以及与自然界各种自然灾害抗衡的能力是令人折服的。分析其根源,与蒙古族游牧文化是息息相关的。

　　从察哈尔蒙古来到温泉草原上那天起,他们的优点和能力也就随即表现出来了。牧民,是远古就出现的一个特别的人群。它的最小组成单位是一个家庭,它是草原部落的一个细胞,它是蒙古族游牧文化的主要特点之一。游牧,就意味着以单个家庭独居,而不能像中原农业村落那样群居。这样牧民的工作和生活是完全一体化的,无论是放牧,还是日常生活,他们面对各种风险,抗击的能力是很独立的,也是很顽强的,表现出来的能力也是超常的。在草原上,一个家庭就是一个小社会。

　　在草原上,如果一座新的蒙古包诞生了,也就是说一个男人和一个女人结婚了,一个新的游牧单位又诞生了。男人和女人的分工是明确的,男人放牧,女人挤奶,守护照料刚刚出生不久的畜仔,收拾家务。

　　男人的阳刚、强悍,是一个牧民家庭的主题。男人的阳刚、强悍,首先表现在他是一位出色的骑手。有位作家曾经这样形容蒙古族男人,骑在马背上的蒙古族男人个个都像皇帝,他们威风八面、霸气十足,在骏马上奔驰的样子阳刚而潇洒。每年的五月那达慕大会召开期间,赛马、射箭、摔跤、长调等比赛,都是草原上的"皇帝"们最为风光的日子。特别是未结婚的小伙子,更是展现自己的最好机会。美女爱英雄,出色的蒙古族小伙子在这个时候就成了姑娘们追求的对象了。

优秀的男人,不仅仅表现在这游艺的比赛上和逞一时的匹夫之勇上,更为重要的是,在日常生活中面对无法预料的自然灾害上,让自己的羊群或者家庭有惊无险。比如,晴朗的天空突然狂风大作,一场突如其来的暴风雪将羊群置于险恶之地,而此时这个牧民,却显得处乱不惊,把自己家的羊群迅速转移到了安全的地带。比如,自己家里的羊生病了,或者在放牧的过程中一只母羊难产了,自己就成了一个出色的兽医,让母羊和小羊羔都安然无恙。这样的本领,蒙古族的男人们从小就开始养成了。

男人们对于羊群的辨别能力,也是非常惊人的。牧民家的草场都是一家连着一家的。他家的羊跑到你家的草地上了,你家的羊群和他家的羊群混到一起了,牧民们首先要做的事情,就是尽快将两家的羊群分开。而这个时候,无论是哪家的主人,都能够很快准确无误地将自己家里的羊群和邻居家里的羊群分开。

牧民们对于羊群的熟悉程度,就像农民对于庄稼熟悉的程度一样。一只羊羔从诞生那天起,牧民们就把它当作自己的家庭成员,精心呵护,细心照料。一群羊多到一百多只,少到几十只,每一只羊长什么特点,牧民心里都要一清二楚的。所以当自己家里的羊与邻居家里的羊混到了一起的时候,他们都能够迅速地辨别出来,并且很快分开。这也是一个男人必须具备的能力。

在游牧的生活中男人的独立性,决定着一个家庭一切。男人要去放牧,要去寻找一只丢失的羊或者一匹走散的小马驹,把一家人一个时期吃的粮食和生活必需品及时地运回来。牧场一般都远离城镇,这些事情就注定男人一个人去干,比如途中突然遇到了一场雨或者一场暴风雪,这个男人必须自己要独立解决的。这是生活环境强加给一个男人的,这个男人不能怨天怨地,他所做的就是要冷静地去面对。

蒙古族男人在日常生活中表现出来的除了勇猛、强悍之外,就是这种面对自然的韧性。

在草原上,女人的分工主要是负责"家"里的事务。蒙古族牧民的家是游移的,不是固定的。这就注定了每到一个地方或者每当离开一个地方,所有事无巨细的活都是属于女人的。

每当转场时,女人要先做准备,把一起生活和放牧的必需品仔仔细细地打包装好,等男人牵着满载物品的骆驼赶着马、牛等大牲口先走了,女人再收拾其他物品看护羊群,一般都是女人和羊群最后一批离开。

到了一个新地方,蒙古包立起来之后,女人就立即准备炉子,收拾锅碗瓢盆,生火做饭,新的环境中的放牧生活又开始了。

白天男人外出到草原上放牧,女人在家挤牛奶,给刚出生不久的羊羔或者牛犊用奶瓶喂奶,蒙古族女人做这些事情的时候就像给自己的孩子喂奶。

女人最繁忙的季节,是每年春天接羔的时候。男人放了一天羊很辛苦,夜晚得由女人给羊群守着夜接羔。

蒙古族是个崇尚英雄的民族,男人名字中的"巴特尔",即英雄的意思。生活在温泉大草原上的蒙古族牧民们,无论男人女人体现在他们身上的个个是"巴特尔"。

生　命

一

这个季节是草原上最有活力的时刻,草原上处处彰显着生命的律动。一年一度的春季产羔季节就要到了。

这是2009年的3月。我和安格里拉乡的乡长赛杰克计划沿着一条河进山,此次进山他一是为了陪我,二是为了查看牧民的生活情况。赛杰克乡长说，一百多公里的路不算远，但是都是山路，来回要一天的时间，一路上几乎没有行人，山里没有手机信号。为了安全，他把安格里拉乡边防派出所的副所长布仁加甫也约上同行，布仁加甫正赶上要进山检查治安。加上司机共四个人，他们仨都是蒙古族，一路上他们一会用蒙古族语言交谈，一会用汉语。他们感觉到我听不懂他们的语言时，对着我露出歉意的笑容，接下来他们就不再用蒙古族语言交流了。

吉普车出乡政府不久，就开始进入山路。路虽然崎岖，坡度大，但是很平坦。这条路是县里为了发展当地的旅游业和农牧业而修建的。路上几乎见不到过往的车辆，因为去年山上的雪比往年小，山上的冬草场的草被风刮散了，羊群一踏也就很快没有了，所以每年到冬窝子过冬的牧民们今年就早早地开始转场。

赛杰克乡长说，今年牧民们的转场比去年提前了半个月。

一阵狼烟在远处慢慢地飘了过来，随着我们的接近，一群马、骆驼、牛走进了我们的视野。几匹骆驼的背上装着牧民的生活用品，比如帐篷、毡子、面粉袋、锅、碗之类的东西。牧民骑在马上，很悠闲地走在这群牲畜的后面。赛杰克说，这就是正在从冬牧场转到春牧场的牧民。这里的牧民转场时一般分两次进行，第一次先把像马、骆驼、牛这样的大牲畜转下来，这是因为这些牲畜在路上走得快，而且还能够把帐篷等生活必需品驮运到春牧场。到了春牧场，牧民们要干的第一件事情就是搭上蒙古包，支起做饭的炉子。等一切都收拾妥当后，便返回冬牧场把羊群赶下来。羊群转场的时间是比较长的，牧民们是一边放牧一边转场的，一般需要两三天的时间，路途较远的就要四五天时间。

转场的牧民们看到我们的车缓缓开过来，在马上友好地给我们打着招呼。

车一直沿着河边的路颠颠簸簸前行。

那条河的名字叫鄂托克赛尔河。鄂托克赛尔河谷位于温泉县以南40公里处，流域面积1000平方公里，全长101公里，源头海拔3500米，在别珍套上里千转百回，或飞流直下，或潺潺奔涌。河谷被群山环抱，森林植被茂盛，到了春天树木葱茏，藤蔓缠绕，层峦叠翠。蜿蜒曲折的流溪像一条飘带纵贯其间,由于现在山里还很寒冷河里结着冰,清澈见底的河水在冰下潺潺地流着,不时有冰块"啪啪"断裂掉进河水里的声音。

别珍套山怀里孕育着鄂托克赛尔河,鄂托克赛尔河孕育着水草丰美的草原,这里的一切都是让赛杰克乡长和牧民们引以为豪的事情。特别是到了夏季,这里更是鸟语花香,游人如织。

二

牧民们接羔的季节是在初春,一般在3月中旬左右。这是因为,牧民们习惯在头一年的十一月初把单独放牧了一年的种公羊放进羊群里,进行一年一度的交配。当母羊交配成功后,漫长的冬天就来临了。母羊要怀胎五个月,整个冬天羊群要在冬牧场里度过,牧民们在冬牧场用石头围起来,是羊群过夜的地方。因为空间狭小羊群相互拥挤在一起,起到了防寒的作用,一旦进入寒冷的天气,或者暴风雪来临牧民们便在上面搭上塑料布用于御寒,牧民把它称作冬窝子。整个冬天,羊群白天在外吃草,晚上回来牧民给羊群加一些夏天打来的干草,再喂一些粮食、食盐。对于牧民来讲,冬季的放牧、加料,每一项都是小心翼翼的。

母羊们用冬天的觅食和在夏秋积在身上的膘来维持腹中的小生命,因为冬季的漫长是在期待中度过的也就不觉得漫长了,冬季是个孕育生命和希望的季节。

就这样冬天随冰雪的融化结束了。熬过了一冬天的母羊们在刚刚化雪不久的草原上开始分娩。

每年接羔之前,牧民们都要从冬牧场转场到春牧场,并在春牧场搭起帐篷和保暖圈。保暖圈里铺上厚厚的一层干羊粪,这些干羊粪都是牧民们前一年晒干的羊粪。这些干羊粪吸湿保暖,这些是为接春羔准备的。

接羔季节是牧民一年中最关键的时刻。对于牧民来说,一年中的三个季节都是为了春季接春羔做准备的。到了冬季,牧民的目的就更加明确了,那就是保住羊群安全过冬,保住母羊身上的膘情,以及保护好母羊腹中的仔羔。牧民们把"乌松·塔勒根"(蒙语夏季油膘)认为也是战胜冬天严寒的关键。只要春天接羔的成活率高了,牧民一年中的收成就基本上定了大局。

在接羊羔时，应该将生产母羊和不生产的羊分开放牧。在产羔开始后，再将带新生羔母羊、带壮羔母羊和待产母羊分开放牧。放牧待产母羊时牧民要背上个育羔袋，紧紧地跟在母羊的后面。在幼羔没有长壮前，如果遇到了暴风雪，可以将幼羔放进育羔袋里带回家。如果在放牧中遇到母羊难产，牧民就帮助母羊接产；如果遇到幼羔窒息，牧民们就及时地擦去幼羔鼻子里的粘液，必要时要进行人工呼吸。

牧民们做这一系列的活，都很熟练和认真。比如有的母羊患了涨奶病没有了奶，幼羔会吃不饱甚至没有吃的，牧民就要接其它母羊的奶或者牛奶来喂幼羔。到了幼羔开始吃草时，要在羊圈上方挂些嫩草让它吃。育羔棚要经常打扫，撒上草木灰或铺上蒿草使之保持干燥。

在接牛犊时，母牛即将产犊可从其乳房情况看出来。乳房满，就该吆回蒙古包产犊了。产犊时，要注意查看，及时将胎衣拿走，不让它吃，因为它一旦吃了胎衣，奶水会减少。

在接马驹时，马开始产驹时，就不能再驱赶和用套索套它。因为那样可能会发生怀胎母马被踢流产、幼驹被踢死或被踩死的情况。哪匹母马产了驹，就要让马群围绕在他身边。尤其要不断注意，哪匹母马乳房开始发胀，估计何时生产。对瘦弱母马需要特别注意，因为瘦弱母马产驹不易，马驹可能在生产中窒息而死，或产下后被胎衣憋死。而体壮母马产的驹也比较健壮，自己就会将胎衣蹬破。因此，主人要守护在产驹的瘦弱母马旁边，为新生驹弄破胎衣。

喂哺绵羊羔时，要在母羊遗弃羔子时，要用绳子绊住它的腿，在羔羊臀部抹些盐水，让它凑在母羊的屁股上，沾上些粪便和产道粘液，让它妈妈闻，口中念着"陶依格、陶依格"或"郭托拜、郭托拜"，让它喂哺。如果不成功，可将母羊连同羊羔单独关在黑毡房里过夜，或将它们同狗关在一起，把狗打得汪汪叫，让狗哄它、吓唬它，令其喂哺幼羔。如仍不成功，就将手伸进母羊的产道，让它产生再次产羔的错觉，而接纳并喂哺幼羔。如果让死去幼羔的母羊喂哺别的幼羔,需先将死羔的皮披在别的幼羔身上,再按上面的方法做。

让母羊喂养羊羔时唱的歌:

"它不是如意白兔的幼仔

他是你产下的羔子

陶依格陶依格陶依格

在春天的狂风中

你让谁睡在你的身边

陶依格陶依格陶依格

没有乳房的麻雀尚能喂哺幼雏

长乳房的羊你想喂哺谁

陶依格陶依格陶依格

你若不想接纳它

陶依格陶依格陶依格(变调)

我要砸断你的脊梁

我要扒开你的胸膛

陶依格陶依格陶依格

我要折断你的肋骨

我要割破你的脸颊

陶依格陶依格陶依格

我要拽出你的肠子

我要让你一命归西

陶依格陶依格陶依格

我要让你下巴颏移位

我要扯烂你的肝子

陶依格陶依格陶依格

我要折断你的腰肢

我要敲出你的骨髓

陶依格陶依格陶依格

我要砸碎你的牙齿

我要扎烂你的肚子

陶依格陶依格陶依格……"

山羊羔的喂哺在山羊遗弃幼羔时，也要用对付绵羊一样的办法让它喂哺幼羔，只是唱的喂哺歌中不用"陶依格"呼叫母羊，而用"恰格"或"却如"。

山羊喂哺歌：

"却如！却如！我的大胡子却如啊

我的有福的却如啊

你为何歪头看着别处

这是你下的羔子啊

却如！却如！见到岩石就逗留嬉戏的却如

见到荆棘就贪吃的却如啊

你为何歪头看着别处

你要怀着爱心接纳后代

却如！却如！见到山崖就玩耍的却如

见到鞍子就就要啃的却如啊

你为何怀着敌意看着羔子

爱怜和接纳你的羔子吧！却如！却如……"

母驼遗弃驼羔时，要在地毯上放一盘点心、一壶茶，在旁边点上火，将驼羔抱近母驼(若它的幼羔已死要它哺育别的驼羔，需将其死去幼羊羔皮剥下来披在该驼羔身上)，拨动琴弦，唱起长调，这样母驼会感动得流下眼泪，对幼羔产生爱怜之心。有的地方将母驼和幼羔带到喧嚷的渠边，支上锅，放上奶，让两名妇女在两边扬奶唱长调，以感化母驼。

喂哺驼羔歌：

"尚未尝过金子般出乳的驼宝宝

尚未尝过美味骆驼刺的驼宝宝

胸脯尚未带护胸的驼宝宝

尚未吃过香甜母乳的驼宝宝

尚未闻过喷香母乳的驼宝宝

尚未饮过清澈泉水的驼宝宝

尚未被五股粗绳捆紧蹄子的驼宝宝

尚未被穿鼻的驼宝宝

尚未长到两岁的驼宝宝

尚未成年的驼宝宝

尚未跨过湖海的驼宝宝……"

牛在母牛遗弃牛犊时,要在牛犊臀部抹上盐水,让它母亲舔。要是不成功,就要用毡子染成细长条,塞进母牛阴道再拽出来,让母牛产生又下回犊的错觉,再把沾在毡子上的粘液抹在牛犊屁股上,口中悠扬的唱着"浩乌!浩乌!浩乌!"来激发母牛喂哺牛犊的爱心。如果让死了犊的母牛喂哺别的牛犊,需剥下死犊的皮披在犊身上。

在马驹的喂哺时,母马遗弃驹子时,要将母马的腿绊住,向它眼睛里撒碎盐,令它哺育驹子。一撒盐,母马自然对驹子产生爱怜之心,将它接纳。要是马驹死了,也可剥下它的皮,披在其它需要喂哺的马驹身上,让死了驹子的母马喂哺。有时母马死了,也可将其驹子让曾喂哺过两岁驹的空怀母马喂哺。那就需骑上那母马奔跑至马出汗,绊上其腿,向它洒冷水使之打哆嗦,再让它哺育马驹,这样母马自然会产生爱怜之心,而接纳那马驹。

新生的小生命对于世界的认识是从妈妈开始的,但妈妈却狠心地将它抛弃。这个时候,就是展现蒙古族妇女博大的母爱的时候。她一边抚摸着母羊,一边唱起这首《陶依格》,这就是著名的《劝奶歌》了。

《陶依格》是一种非常特殊的歌、神奇的歌,当你循着歌声来到歌者的地点,你便会目睹这样一番场景:一位蒙古族妇女和一对绵羊母子在一起;那母绵羊俨然一副冷漠无情的样子。只见那位妇女将母绵羊奶水搽抹在那只被遗弃的羊羔脊背上,把羊羔抱放在母羊的乳房下,诱劝母羊有所醒悟,为羊羔哺乳。为此,她要不断吟唱"陶依格""陶依格"的歌词。尽管时间有长有短,但奇迹总是会发生的。你会看到柔美哀伤的歌声会点亮母羊那荒凉黑暗中的认子记忆,唤醒它沉睡僵冷的母爱,它竟然被感动得不断回眸自己的幼仔,并主动给小羊哺起乳来……

其实,整首歌只有一句歌词,就是"陶依格",三个字不停的唱。究竟"陶依格"是什么意思,能使羊和人之间展开心灵的沟通呢?令人奇怪的是,在蒙语里,这三个字无任何意义,但是羊能听懂。你就会惊叹,仅仅是三个字就救了无数小生命。这难道不就是所谓的"天人感应"么?

《陶依格》广泛流传在蒙古民族的游牧地区,如我国的呼伦贝尔到阿拉善草原,新疆博尔塔拉地区,蒙古国的喀尔喀地区、阿勒泰地区以及俄罗斯的布里亚特地区,人们都曾听到过不同的《劝奶歌》,但是歌词是那不变的三个字"陶依格"。

在蒙古族古老传说中,孩子问母亲,我们为什么总是不停地搬家?母亲说,我们要是总固定一处,大地母亲就会疼痛,我们不停地移动就像血液在流动,大地母亲就会感到舒服。

《陶依格》是建立在人和动物情感交流的基础上,是通过歌声对劳动对象的直接作用而实现的。让一只母羊认领幼羔,往往需要长时间的守候和耐心的吟唱。《陶依格》旋律也是一首安抚自己情绪的歌,那种激荡于回环往复旋律之中的深沉母爱,足以使人怦然心动。

草原妇女哼唱着风格质朴,还带着淡淡忧伤的《陶依格》,歌声颤悠悠地萦绕在草原的上空, 很远的地方都能听到这方草原有需要慰藉和哺育的羔羊,这是流淌在人类与动物之间淳朴的情感交融之歌。

在《陶依格》的背后,还衍生出一种教育方式,叫"陶依教育"。"陶依教育",讲究的是母子亲近的零距离环境、亲近的气味环境和柔美的"音乐"环境,讲究的是教育者的耐心和诚心。

在蒙古族牧民的心里,对于羊羔的哺育和对于婴儿的哺育一样重要,都是他们生活中,生命中重要的组成部分,是他们生活的理由和生命的意义。

四

我们到达嘎贡巴的家里时, 他的老婆正在用奶瓶子喂刚刚出生不久的小羊羔,她的动作熟练、从容而细致,像在哺育一个婴儿。她的脸上闪现着母性慈祥的光芒,从窗户里照射进来的阳光刚好照耀在她的脸上,她显得幸福而安详。

屋子里暖洋洋的,宽大的炕上还放着一个婴儿床,一个刚刚出生不久的婴儿,在咿咿呀呀地叫着。

今年29岁的达嘎贡巴,脸上幸福的表情毫不夸张的表现出来。他结婚两年了,孩子出生两个月了。他家里的羊冬羔产了几十个,成活率很高,再过几天就要接春羔,现在准备工作也做好了。他说,今年他家的羊可以生产一百多只春羔……

达嘎贡巴不会讲汉语,他的话是赛杰克乡长翻译过来的,但是我从他的表情里已经读懂了他生活的味道……

我们离开达嘎贡巴的家里时,达嘎贡巴老婆的《陶依格》又唱起来了……

查干屯格这个地方

叫做查干屯格的地方是个乡,在温泉县境内,蒙古语的意思是"白色的茇茇草滩"。乡很小,12个村庄,有九个农业村,三个牧业村。据说,过去这里很荒凉,从这个乡的名字就可以知道过去荒凉的程度。有意思的是,就是这样一个小地方,它与邻国哈萨克斯坦的边境线就长达六十多公里。独特的地理环境,成就了这里的一切。

所有的村庄都在温泉河边,这里气候湿润。到了夏天,雨水充沛,大地上青草茵茵。如果在温泉的大草原上谁家把羊群、牛群、马群放牧得又肥又壮,那实在不是一件什么稀奇的事情,这里本来就是牧人的天堂。而在查干屯格一些放下牧鞭的人们,利用这里的气候和沙质的土壤写着一个个的传奇,把洋芋(马铃薯)种出了自己的故事,把榨糖用的原料——甜菜,种得甜透了一个又一个的村庄。

我踏上这片土地,是为了寻访牧民的足迹。然而,我听到更多的是关于洋芋走出国门的故事和闻名整个博尔塔拉大的甜菜经。

关于洋芋的故事,我最初发现是我刚到查干屯格乡的一次午餐上。午餐简单得几乎不能够再简单了,一家普普通通的小饭馆,几道平平常常的菜。虽然我对于饮食没有什么特别的偏好和挑剔,但是,当一道据说是当地的特产羊肉炖洋芋端上来的时候香气扑鼻。洋芋在我们的餐桌上真是普通得不能再普通了,可是这里的洋芋绵甜可口,清香四溢。在这个乡主持工作的乡党委副书记刘晓贤很是自豪地介绍说,我们乡的"猛进"牌马铃薯(洋芋)已经出口到哈萨克斯坦了,全乡的农民因为种植洋芋人均收入已经达到了四千多元。

小小的洋芋,长出了奇迹。长出了故事。

回来后,我查阅了许多关于洋芋的资料。洋芋,学名马铃薯,茄科茄属一年生草本。根据马铃薯的来源、性味和形态,我国云南、贵州一带称芋或洋山芋,广西叫番鬼慈薯,山西叫山药蛋,东北各省多称土豆。又称土豆、洋芋、洋山芋、山药、山药蛋、馍馍蛋、薯仔(香港、广州人的惯称)等。鉴于名字的混乱,植物学家才给它取了个世界通用的学名马铃薯。马铃薯产量高,营养丰富,对环境的适应性较强,气候温和湿润,昼夜温差大,环境无污染的地区最佳。是重要的粮食、蔬菜兼用作物,淀粉含量高、味正、个大、皮薄、色鲜,马铃薯食品香甜可口。

查干屯格乡种植马铃薯有着50年的历史,地理环境非常适宜其生长发育。这里生产的马铃薯含有丰富的维生素B1、B2、B6和泛酸等B群维生素及大量的优质纤维素,还含有微量元素、氨基酸、蛋白质、脂肪和优质淀粉等营养元素,有"地下苹果"之称。主要品种有荷兰一号、费姆瑞它、子花白、陇薯3号等。荷兰一号,在中国99昆明世界园艺博览会获得铜奖。

查干屯格那个地方洋芋很好,很甜,甜到查干屯格人的心里。

长调，草原的咏叹调

在平淡的日子里，一段抒情的音乐就像风吹树叶时发出的声音，让我平寂的心里产生些许轻松抑或愉悦。然而这种感觉时隔不久也就自然而然地消失了，有时甚至是稍纵即逝的。比如，这时一只狂犬，狂叫着一路跑了过来，我那愉悦的感觉便一扫而光了。

既使再曼妙抒情的音乐，也只是像夏日里轻风徐来时产生的一阵快感，随着风去也就消失了，在心里不会留下任何痕迹。

然而，当我骑着马在温泉的大草原上去追赶几只走散的羊的时候，远处传来一种不紧不慢节奏舒缓旋律自由奔放的乐曲，它撕扯着我的心灵，在马头琴的伴奏下，音乐低沉呜咽，有一种悲怆、苍凉、豪放之美，后来才知道这就是蒙古长调。

许久以来，这种进入我心灵的音律久久不能释怀。这种音乐的魅力，甚至可以说是魔力，让我这个不通音律的人，迷上了乐曲，迷上了蒙古长调。

是啊，这样高亢、悠长的歌声，让人热血沸腾，荡气回肠是在所难免的了。有人曾经赞誉："蒙古长调是天籁之音。"这种极高的赞誉，我后来在了解蒙古族人民漫长悠久的历史过程中，更加深了这种感觉。蒙古民族创造了自己独具特色的草原文化，音乐便是这灿烂文化的组成部分。蒙古民族是一个质朴豪爽的民族，其音乐有着优美的旋律；蒙古民族又是一个多灾多难的民族，其民歌透射着某种悲怆、苍凉之美。每个蒙古人都离不了与生俱来的三件宝：草原、骏马和蒙古长调。

长调堪称蒙古族音乐的活化石，它是随着蒙古族发展的历程逐步发展成熟起来的。蒙古族在历史上经历了三个大的时代，即山林狩猎的时代、山林狩猎和草原游牧并存的时代以及草原游牧和农耕村落定居的时代。而长调，就诞生在由山林狩猎向草原游牧过度的时代。这个时期蒙古族人的生产方式以狩猎为主转到以放牧为主，人们对待鸟兽山林草木的态度以掠夺为主转为人与自然和谐相处，这是一个时代文明的产物。

在草原上没有人能够说清楚，流传着有多少首长调民歌，就像没有人能够数清楚草原上有多少朵花儿，有多少只牛羊一样。

蒙古长调，是一种具有鲜明游牧文化和地域文化特征的独特演唱形式，它以草原人特有的语言，述说着蒙古民族对历史文化、人文习俗、道德、哲学和美学的感悟。千百年来，它口传心授，代代相传，成为蒙古民族具有成熟表现手法的最高艺术形式。蒙古长调中特殊的发声技巧称作"诺古拉"，类似颤音，对形成蒙古长调的独特风格起到了重要作用。"哪里有草原，哪里就有长调；哪里有牧人，哪里就有长调。"蒙古长调是草原上的歌，是马背上的歌。

蒙古长调一般分为上、下各两句歌词，即四句歌词分两遍唱完。歌词的内容大都是描写草原、骏马、骆驼和牛羊，蓝天、白云的。蒙古长调的唱法以真声为主，它感叹自然、讴歌母爱、赞美生命和诉说爱情，把蒙古民族的智慧及其心灵深处的感受，表现得淋漓尽致。比如歌唱成吉思汗的：

"圣主成吉思汗

开创了蒙古汗的法度规章

让我们高举起金杯

共同欢庆齐声歌唱

圣主成吉思汗

倡导了蒙古民族的淳朴风格

让我们高举起金杯

畅饮美酒欢乐起舞

……"

蒙古长调是不能够表达愉快、浪漫心情的。即使是在欢庆的婚礼上，蒙古长调也把他们想表达的喜庆改造得开阔、舒缓，变得平静和沉思。这也是无边无际的大草原塑造的蒙古族人民的一种性格特点，但是这种含蓄平淡的性格特点，有可能给草原以外的人留下冷漠的印象。

正是这种性格特点，同时又永远保持着一种长久的表达愿望。

蒙古长调这种旋律和曲调产生的根源，我在温泉的大草原上骑马行走时，作过无数次的分析和思考。唱蒙古长调，发挥得最为自如的时候是骑在马上行走。一旦骏马奔腾起来，人随马动，歌声伴随马蹄声，那种感觉，只要你深处其境也同样能够把蒙古长调一串串的哼出来。马的颠簸把歌唱者的尾音拉得舒展，漫长而又抒情。动听与否不是关键，至于歌声所表达的内容，长调没有固定的模式，可短可长，可随意增长，还可随意删减，其目的是抒发自己淤积的沉闷心情。蒙古长调的根源就是牧民在游牧中表达心情的，甚至专门用于表演，那是后人的事情了。

从一些长调古歌里，我们不难窥视到，蒙古族是个古老文明的游牧民族。一些传唱至今的古歌阐释着这个马背民族的文明程度。同样也反映出这个游牧民族的心理历程。

一望无际的温泉大草原，在外界看来是美妙绝伦的，色彩斑斓的，是浪漫无穷的。

然而，在长期生活在这里的牧民眼中和心中，草原是荒凉的，生活是单调的，家园的意境是模糊不定的。也许会因为一场暴风雪或者是一场瘟疫，让他们的生活一年甚至几年都沉浸在灾难发生时的瞬间里难以自拔。

在牧民的眼里，草原的概念是模糊的，模糊到他们永远也欣赏不出来"风吹草低见牛羊"诗情画意。草的概念是具体的，具体到哪一片的草肥可以放几天的羊牛，哪一片的草枯只是可作短暂的停留。所以，他们的心情只能用歌声来表达，用长调来倾诉。

这也正是蒙古长调，经年传唱永不衰竭的根源。

就像草原的一棵草，年年绿了，又年年枯了，又年年绿了……

英雄的咏叹:《江格尔》

在那古老的黄金世纪

在佛法弘扬的初期

孤儿江格尔

诞生在宝木巴圣地……

江格尔刚刚三岁

阿兰扎尔骏马也只有四岁

小英雄跨上神骏

冲破三大堡垒

征服了最凶恶的蟒古斯高力金……

江格尔的宝木巴地方

是幸福的人间天堂

那里的人们永葆青春

永远像25岁的青年

不会衰老,不会死亡……

胸中万千沟壑里,回荡着千钧雷霆,深情地咏唱,如山泉喷涌。

马蹄的声音在指间滑落,时而似金戈铁马,踏过冰河,时而似阿拉套山脉的雪水,流过草原。

舒缓时,音韵像蒙古族妈妈挤马奶的声音;激昂时,似战马的嘶鸣,金戈的撞击,杀声震天,古战场的狼烟就在眼前。

江格尔,蒙古人的英雄,在托布秀尔琴伴奏下英雄的史诗《江格尔》传唱了千年。千年的精神,千年的魂魄,铸造了蒙古人的不弯的脊梁。

在古老的阿拉套山下,在美丽的赛里木湖畔,一场盛大空前的《江格尔》说唱会在如火如荼地进行着……

为了一句话流泪，为了一首诗咏唱，为了一种精神感动，为了一种信仰执着，为了一个追求义无反顾……

这就是我威猛无比而情深似海的蒙古族兄弟，这就是我柔情似水而又刚柔相济的蒙古族姐妹。

蒙古族人民的史诗传统源远流长。其中，最能代表蒙古族史诗发展水平的最优秀作品，当数英雄史诗《江格尔》。《江格尔》主要流传于新疆一带的蒙古族卫拉特人中。它热情讴歌了以圣主江格尔汗为首的勇士，为保卫以阿尔泰圣山为中心的美丽富饶的宝木巴国，同来犯的形形色色凶残的敌人进行英勇而不屈不挠的斗争。《江格尔》每一部诗章以优美的序诗开始，序诗交代江格尔苦难的童年，赞颂圣主江格尔和天堂般美丽富饶，又幸福太平的宝木巴地方。

《江格尔》大体可以划分为三类故事，即部落联盟故事，婚姻故事，征战故事。所谓部落联盟故事，主要是叙述英雄们经过战场上交锋或者其他考验，发誓"把生命与年华拴在长矛尖上，把理想与想往献给江格尔"，誓为保卫宝木巴抛头颅，洒热血。婚姻故事，则描述了江格尔及众英雄求婚娶亲的种种经历。在《江格尔》中，章数最多、内容最复杂、地位最重要的是征战故事，英雄好汉只能在生与死的搏斗中显出英雄本色，部落或部落联盟之间只有通过征战才能保卫自己的家乡属民，求得生存并进而扩大势力。

《江格尔》从词的运用到情节的安排，都是高度程式化的。因此，艺人们在演唱的过程中随意改变史诗情节非常容易。但是，它也在民间形成了一套演唱规则。其中最重要的，就是不能随意改变主干情节。还有，演唱一部长诗，就得完整地演唱，听众要坚持听到结束等等。过去，好多艺人在演唱《江格尔》前烧香拜佛，举行鸣枪驱鬼仪式。所有这些促成了一个事实：《江格尔》的演唱既即兴又很传统，它保留了更多更完整的古代生活信息和演唱风格，以至于当世界很多民族史诗中的英雄都用上火枪、大炮的时候，《江格尔》的勇士们依然手握弓箭、长矛和大斧。

传说故事是凄美的，江格尔是地方首领乌宗·阿拉达尔汗之子。两岁时，父母被魔鬼杀害。躲藏在山里的江格尔被善良的人发现，收养长大。

　　江格尔小的时候就善良、聪明，身强力壮，跟着高人学了一身惊人的武艺。七岁时，他就建功立业，兼并了邻近四十二个部落，被臣民推举为可汗。以江格尔为首领的勇士们用他们超人的智慧和非凡的才能，不断战胜来自周围部落的入侵，击败以蟒古思为头目的邪恶势力的进攻，逐渐扩大自己的力量、财富和领地，继而建立了以奔巴为核心的美好家园……

　　《江格尔》是为中国少数民族三大史诗之一，它长期在民间以口头流传，经过历代蒙古族艺人的不断加工和丰富，篇幅逐渐增多，内容逐渐丰富，最后成为一部大型史诗。迄今为止，国内外已经收集到的共有六十余部，长达十万行左右。《江格尔》描写的并非真实的历史事件和历史人物，它的故事情节、人物形象均为虚构。关于"江格尔"一词的来源，波斯语释为"世界的征服者"；突厥语释为"战胜者""孤儿"；藏语释为"江格莱"的变体；蒙古语则诠释为"能者"。江格尔说唱，是蒙古民族在悠久的历史长河中，创造的辉煌文明。

　　江格尔说唱的规模有大有小，小的可以由一个人自弹自唱，技艺高超的艺人也能以他声情并茂的表演引起满场喝彩，艺人们身着节日盛装，怀抱"托布秀尔琴"，个个表情丰富，神采飞扬，或引吭高歌，或低吟浅唱，或手舞足蹈，每每将盛会的气氛推向高潮，令所有观赏者（即便是语言不通者）无不如痴如醉，热血沸腾，激情澎湃。

酒乡踏歌行

　　走在温泉县的土地上，酒与歌是相伴而行的，就像骏马配上雕花的马鞍，恰如托布秀尔琴伴唱史诗《江格尔》。

　　如果你不会饮酒肯定不是蒙古人，如果你不擅长唱歌，你肯定不是草原上的人。生活在这里的蒙古族人，在放牧中、会客和过节时，都离不开美酒。走亲访友，迎接宾客，欢送好友，上好的美酒是必不可少的。金碗、银碗、牛角杯、羊角杯，杯杯酌满豪爽和热情。

贵宾好友将至，热情好客的蒙古人将骑马出行十里相迎，在敖包前下马等候远方的客人。为客人斟上一杯满满的下马酒，以示热情和真诚。当客人告别时，或亲人远行之时他们同是十里相送，在敖包前酌上一杯上马酒祝亲友一路平安。

蒙古族人的歌声和酒兴，实在是令人折服的。饮酒歌唱，歌唱中饮酒。酣畅淋漓的酒，抒情咏叹的歌，在草原上，在马背上，在蒙古包里，在酒店里，歌与酒无处不在，真诚与热情无处不在。

蒙古族有客来必热情款待，献上纯净的马奶酒和各种肉、乳食品。主人和客人必须畅饮，"男女杂坐，更相酬劝不禁"，"客饮若少留涓滴，则主人更不接盏，见人饮尽则喜""必大醉而罢"。他们认为，"客醉，则与我一心无异也。"来客后，不分主客，谁的辈分最高，谁坐在上席位置。

蒙古族接待客人讲究礼节，欢迎、欢送、献歌、献全羊或羊背等都按礼仪程序进行，程序中都要敬酒或吟诵。一般敬酒礼仪如下：在敬酒前，自己要喝一口。据说这个仪式源自成吉思汗，因为成吉思汗的父亲是被仇人用酒毒死的。所以为了表示主人的真诚，要先自己喝一点

敬酒者身着蒙族服装（头饰、蒙古袍、腰带、马靴），站到主人和主宾的对面，双手捧起哈达，左手端起斟满酒的银碗，献歌，歌声将结束时，走近主宾，低头、弯腰、双手举过头顶、示意敬酒，主宾接过银碗，退回原位；主宾不能饮酒的，要再唱劝酒歌或微笑表示谢意，以右手无名指沾酒，敬天（朝天）敬地（朝地）敬祖宗（沾一下自己的前额），施礼示敬或稍饮一点儿，主宾饮酒毕，敬酒者用敬酒时的动作接过银碗，表示谢意。向主宾敬酒完毕，按顺时针方向为下一位客人敬酒。演唱一首歌客人要喝一杯酒，客人不能拒绝。蒙古族认为让客人酒喝足，才觉得自己心意尽到了，所以，主人家从老到少轮流向客人敬酒，客人不喝下去，主人就要一直唱下去，直到客人喝下为止。

蒙古族人在结交知己朋友时，双方要共饮"结盟杯"酒，用装饰有彩绸

的精美牛角嵌银杯,交臂把盏,一饮而尽,永结友好。蒙古族无论狩猎回来,还是放牧休息,牧民们燃起篝火,烧烤猎肉,和着悠扬的马头琴声,举杯饮酒,豪歌劲舞。

说起蒙古族的酒与歌的礼仪,我是深有感触的。一个好歌的民族,一个善饮的民族,一个好客的民族他们的酒文化一脉相通的。

酒酣兴浓之际,主人专门安排的蒙古族女子即兴表演蒙古族著名的《盅碗舞》。舞者双手各捏一对酒盅,头顶一碗,舞蹈时头不摇,颈不晃,双手击打酒盅,甩腕挥臂,旋转舞蹈,刚柔相济,舒展流畅——

"金杯金杯斟满酒,

双手举过头,

炒米奶茶手抓肉,

今天喝个够,

朋友朋友,

请您尝尝,

这酒纯正,

这酒绵厚,

这情的深厚……"

歌至高潮,舞者双手用金杯和银杯敬上三大杯。酒入豪肠,就像李白一样,酿出了"三分月光,七分剑气"。其结果是可想而知的,"秀口"里没有吐出半个盛唐……

在赛里木湖畔一望无际的大草原上,我融入了一场声势浩大的《江格尔》弹唱会。我目睹了76岁的蒙古族民间老艺人巴·切仁老人的风采。老人将晚辈大碗敬上来的酒一饮而尽,然后引吭高歌。

酒像溪水流向草原,歌如骏马奔向草原,酒在飘香,歌在飘荡。

酒兴与歌兴是蒙古族人的性格,是草原的魂魄。

白云醉了,一朵朵像似要堕落;草原上的花儿醉了,在风中婆娑;游子醉了,草原是故乡。

歌声清醒,在胸中奔涌,在喉咙里吟诵。

歌颂生活,歌颂英雄、歌颂亲情、歌颂友情。生活在歌声中进行,生活在美酒中酿就。

这就是蒙古人,从呀呀学语时开始唱歌的蒙古族人。

博 乐 印 象

走进博乐是我无意间的行为。在此之前,我对博乐的认识几乎是陌生的,即使有一星半点的了解也是很肤浅的,甚至是只言片语的。这是因为我对城市有一种与生俱来的厌恶,而我认为城市的许多劣根性几乎是相同的,比如人与人之间的冷漠,高楼的拥挤,工业污染,噪音的喧嚣,城市被污染的几乎体无完肤。所以我从来不刻意的去留意一座城市,观察一座城市,感受一座城市,接受一座城市。对于我而言,城市只是地图上或地球上的一个符号、名称抑或动物的巢穴,仅此而已。

我去过一些城市,甚至是一些国外有名的城市,我从来没有用一种欣喜或好奇的心态去观察它。我只是以地球上一个动物的名义,去了那里,那里暂住了那里的动物巢穴。

因为陌生,我拨通了一个陌生的电话号码。在拨电话前,我一直在想,远在博乐市的那个陌生号码的拥有者是否愿意听我喋喋不休的倾诉?况且我倾诉的内容,是让对方为我提供采风的方便。我的这种行为近乎于荒唐,但是我还是为之了。

好在对方有足够的耐心,听我长舌妇一般苍白的表白。

我像一只在迁徙途中的飞鸟,急于借助对方的枝头作短暂的栖息,诚惶诚恐地等待对方的回答。

"好的!欢迎您武老师!"

对方的回答干脆利落,声音甜美而圆润,我听得出这是一个年轻女性的声音。

我是在一个春日的午后，走进博乐的。博乐位于一个叫阿拉套山下的一扇平原上。我从乌鲁木齐出发沿"奎——赛"（奎屯——赛里木湖）的高速公路一路驰来，过了一个叫五台的地方，就距离博乐市的出口不远了。下了高速公路，通往博乐的公路便随着地势的走向而起起伏伏，在公路的两侧，是博乐人用汗水和情感构筑的绿色长廊。路两侧的林带是在黑戈壁、岩石以及碱滩上开挖出来的，换上了适树木生长的土壤，种上了沙枣、胡杨、红柳等耐盐碱抗干旱的植物。

　　春天来了，树木郁郁葱葱，沙枣花香气馥郁；夏天到了，青涩的果实坠满枝；秋到了金灿灿的沙枣果实圆润诱人，摘一颗放在嘴里，棉甜甘爽，回味无穷。到了冬季，公路西侧的林带则银装素裹，挂满了霜挂，洁白、透亮，像蒙古族的哈达，长长的拉出了28公里。与山坡上的敖包遥相呼应。

　　这是博乐人的智慧，更是博乐人的情意。

　　我来的时候正是沙枣花飘香的季节，绿意和香气冲淡了我对陌生地域的生疏和胆怯。我觉得对博乐这个地方似曾相识。

　　我的这种感觉，不久，就得到了验证，让我感到惊奇的是，那个陌生电话的主人是博乐市委常委、宣传部长。

　　我的采访活动很顺利，那个吐尔扈特的后裔拉·李加是个村里的主任，30年里他代理村民走上了致富路，他个人也成了全国五一劳动模范。

　　我的采访活动时间安排了三天，我所到之处，所接触的人，都表现出了极大的友好和热情。对于博乐人的热情，使我这个对于城市一向冷漠的人，开始观察博乐这个城市，关注这个城市的人。

　　博乐是个小城，小城市的人有令人想象不到的大气魄，如果你到小城来，不管是是否认识的还是不认识的他们都一样的热情，一样的真诚，他们会拿你当朋友对待。你问路，无论是汉族还是蒙古族他们都会很耐心地告诉你，有的甚至还为你作向导，一路上他（她）会与你交流，在小城，哪里是风景区，哪里有古城的遗址可以去看看，哪里去购物，在哪里乘车方便……

　　这种人与人之间的交流，在其他城市是感受不到的。到了博乐，你感觉像是回到了自己的家里。

小城很远，在祖国的西部边陲；小城很近，在来过小城的人的心里。

博尔塔拉以北的地方

一

我是在无意间走到博尔塔拉以北的。确切地讲，走到那里时我是没有任何目的性的。然而，就是这种无目的性成就了后来，我与草原的不解之缘和对于草原上人与自然的无限怀恋。

那个地方叫温泉县。

当年，我曾经以记者的身份走过了新疆许许多多的地方，当然包括博尔塔拉。说了许多莫名其妙的话，做了一些可有可无的事情，在当时看来，那些事情都是举足轻重的。来去匆匆，使者一般，迎迎送送的人脸上都挂着同一张笑脸，当然不乏真诚的笑脸，也就是如今剩下的那几张了。剩下的这几张真诚的笑脸自然也就成了我的朋友，成了我的回忆，成了我活着的理由和岁月的滋味。

岁月其实就像筛子，筛去了干瘪的日子和虚假的客套。当时过境迁之后，那留下的几张笑脸就更加灿烂了，那是真诚，那是友情。

于是，就有了我现在无目的却方向感明确的行走。想和过去认识的人聊聊岁月，重温当年的那些事，胡乱地侃一些当年的荒唐言行。

两座山永远都不可能相遇，两棵树也永远不可能走到一起，两个人就一定能够走到一起。当年曾经的两个人，再次相遇的时候，那一定是一件惊喜和曼妙的事情。可以不要事先打电话，不要任何信息，不要去约定，两个人就这样在边陲的小城的大街上，在乡村的土路上或者骑马走在草原上相遇了。对于这样的场面和感觉，你即使充分发挥所有的想象力或者用尽所有的艺术表现形式，都很难准确地描摹。

人生在世有太多的遗憾，也有太多的偶遇，所有的一切在若干年后某年某月某日相遇或者补遗，我想这就是"圆满"一词的本意了，一些叫幸福的语汇在这里一定很妥帖，因为生活本身就是这样的。

二

想像着这样的场景，我就开始过滤我对温泉草原认识的一些细节。

我第一次见到玛德嘎，是在一个秋日的正午。那天人很多，博尔塔拉两县一市(温泉县、精河县、博乐市)的一百多名民间艺人、江格尔齐(说唱英雄史诗《江格尔》的艺人)、草原乌兰牧骑(马背上的文艺宣传队)，齐聚赛里木湖畔共同演唱一场声势浩大的英雄史诗《江格尔》。男的、女的、老的、少的，年长的八十多岁了，年幼的八岁。那天，他们都穿着蒙古族传统服装，场面非常浩大。我就是在这里认识玛德嘎老人的，老人既是一位民间乐器制作师又是一位江格尔齐，他手里的乐器"科库尔"引起了我的注意。

那天虽然是我们第一次认识，但是我们喝了很多酒，聊了很多关于蒙古族音乐、乐器以及歌舞之类的话题。

演奏英雄史诗《江格尔》的主要乐器之一就是托布秀尔，是他们的祖先从张家口带来的。

二百多年前，察哈尔蒙古族2000兵丁携带家眷，分两批从河北张家口艰苦跋涉来到新疆，驻扎在伊犁、博尔塔拉戍边屯垦，这就是历史上著名的察哈尔蒙古族西迁。

漫漫西迁路上，托布秀尔用它浑厚优美的音律带给人们些许抚慰。生活在草原上的蒙古族同胞能歌善舞，除了牧区人们喜爱的马头琴和长调，半农半牧区的人们更喜爱用托布秀尔伴奏的短调。托布秀尔也常用于舞蹈伴奏，因它曲调活泼、旋律即兴、节奏性强，适于即兴发挥。

2004年的一天，玛德嘎遇见了温泉县著名民间艺人包日达。当包日达弹着托布秀尔唱起优美的蒙古族歌曲《温泉河》，玛德嘎不仅被歌声陶醉，那把用来伴奏的精美托布秀尔更深深吸引了他的目光。

当包日达爱抚着珍藏的托布秀尔遗憾地告诉玛德嘎，如今这琴已经难觅芳踪了。能工巧匠玛德嘎立刻想到："我为什么不自己做一把托布秀尔！"

木匠出身的玛德嘎，开始沉醉于托布秀尔的制作中。没有图纸，就根据书籍钻研；没有工具，就自己创造发明。一年以后，他制作的托布秀尔就被拿到历史博物馆展出。玛德嘎有了信心，他似乎看到了自己今后要走的路。

经过不断尝试，如今玛德嘎制作的托布秀尔不仅外观美丽，也有了规范的音律、尺寸。我从沙发上拿起一把托布秀尔细细欣赏，精美的传统民族图案和纯手工艺散发出一种古朴的质感。

虽然一把花十几天做出来的托布秀尔卖500元钱，好的时候一个月收入也不过千把元钱，但玛德嘎乐在其中，似乎"上了瘾"。奥运会前夕，他又根据史料中记载的古老乐器"夏诺根胡"研制出一种新的乐器。

"专家已经将这把琴定名为'科库尔'，蒙语意思就是酒壶。"说着，玛德嘎拉起了科库尔。它音色欢快高昂，有些像小提琴。

原先的夏诺根胡顶端是一个女性的头像，大概是为了纪念发明者的母亲或是爱人。玛德嘎将它改成了牛头，"因为蒙古族人常用的酒壶是用牛皮做的，奶酒也是牛奶制成，而挤奶、做奶酒的人还是我们的母亲和妻子。"创新后的科库尔与夏诺根胡有着相同的内涵，却被玛德嘎赋予了更深的寓意。

如今，玛德嘎已将制作托布秀尔的技艺传授给了儿子，琴身上那些漂亮的民族图案都是小儿子绘制的。随着人们对非物质文化的重视，相信会有更多热爱音乐的有识之士喜爱托布秀尔，并将这一宝贵的民族文化传承下去。

我又一次在温泉县见到了他，而且是在他的家里。事实上，当我到达温泉县城的时候我的目的变得明确了起来，我把自己想拜访民间艺人的想法告诉了县委宣传部的朋友。让我感到惊喜的是，宣传部的朋友把我带到了玛德嘎老人的家里，这种意外的相遇使我们都倍感亲切。

琴 缘 人 生

曲代这个名字,是朋友向我介绍温泉蒙古音乐时,首先提到的人。那首在温泉人人手机彩铃里流淌的音乐《母亲温泉》就是曲代作的。

由他作曲的几十首歌曲,在草原上流行已久了。

与曲代的交谈中,他很低调,说起他的音乐只是淡淡一笑。他说,我的音乐来源于草原,来源于起起伏伏的阿拉套山脉,来源于奔流不息的温泉河。我就是温泉草原上的一株草,风起时,我发出的声音来自草原深处,来自我的内心。我要表达的是牧民的生存状态,骏马奔驰的节奏,风雪来临时的呜咽,温泉河流水的声响。

曲代的话语涵盖了他对草原、对温泉全部的感情。

如今,在温泉的大草原上,曲代是最有名的琴师,他弹奏的托布秀尔琴的技艺是远近皆知的。他说这是受他母亲的熏陶,对音乐产生了与生俱来的钟爱。

他小时候常常在摇篮里,听着母亲的歌声入睡。当他顽皮或者吵闹时,母亲的歌声能立刻让他安静下来。

童年的时候,他就比同龄的孩子更加喜欢音乐,只要见到马头琴、托布秀尔琴,他就喜欢得不得了,只要有人弹唱,他都听到如痴如醉。当其他孩子已经散去,他还瞪着圆圆的眼睛在自我陶醉。

草原上的音乐为他打开了心灵上的一扇窗,让他感受到了草原上更为曼妙的东西。

从此后,他对乐器,见啥就想要啥。大人点拨他几句,他马上就能心领神会。他用各种乐器模仿骏马奔驰的声音,模仿风吹草原的声音,模仿温泉河流水的声音。

十三四岁时,曲代就成为了当地有名的少年琴师,他演奏的各种蒙古族民族乐器,往往是技压群雄,赢得阵阵喝彩。

音乐改变了曲代的命运,他的人生因音乐发生了变化。祖祖辈辈以放牧为生的曲代做梦也没有想到,他将终身与音乐为伍。

曲代雄厚的嗓音,宽阔的音域,彰显出一个草原歌者良好的音乐潜质。

草原上的百灵鸟,总是能够引起人们的关注。曲代初中毕业后就报考了博尔塔拉蒙古自治州艺术学校音乐专业,进行专业地系统学习。

曲代对音乐的喜好和感悟已经融入了他的生命里,他一天不拉琴就像骏马一天不能够奔跑,这种感觉让他进入了一种对音乐忘我的状态。

几年后,他毕业了,因为成绩优异被送到内蒙古师范大学音乐系进修。在内蒙古师范大学,音乐又给他打开了更辽阔的天地,他的学习状态是陶醉在对民族音乐知识的渴求上。在这里,他和后来成为著名歌星的腾格尔成为同学加好友。在学习上他们相互鼓励,在生活中他们亲如手足。

有一年,腾格尔来博尔塔拉蒙古自治州演出、采风。活动结束后,腾格尔马不停蹄地来到温泉,拜访自己的老同学曲代。腾格尔的到来,让整个温泉草原都沸腾了。腾格尔和曲代的交流除了久别的同学情谊之外,更多的则是他们对草原文化音乐的交流和探讨。他们吹拉弹唱,畅饮起舞,三天三夜的相聚仍然兴致正酣。

当我结束了和曲代的交谈后,我的脑海里那首歌一直萦绕着。那木吉力作词、曲代作曲的《母亲温泉》:

手捧哈达欢迎你

请到温泉来做客

路途遥远多辛苦

圣泉沐浴祛身乏

啊哈嗬

母亲温泉

欢迎您再次光临

啊哈嗬

母亲温泉

欢迎您再次光临

我的家乡青山绿水

米尔其克赛里木景色诱人

聆听马头琴悠扬的旋律

请在蒙古包里欢聚一堂

啊哈嗬

母亲温泉

欢迎您再次光临

啊哈嗬

母亲温泉

欢迎您再次光临

唱一首动听的歌谣

献给远方的客人

歌声甜蜜令人醉

共饮一杯醇香的美酒

啊哈嗬

美丽的温泉

欢迎您再次光临

啊哈嗬

美丽的温泉

欢迎您再次光临

再次光临

……

正午的马蹄

一

我对于马的喜好是与生俱来的。

此生注定了我与马有缘,与草原有缘,尽管我是来自一个没有骏马、没有草原的地方。

在我早年的意识里,对于马的描述是这样的:蓝天上的白云在飘,青色的草原上骏马在奔跑……

一定美到了极致。

我喜好马还有一个更重要的原因,我的属相是马,我的性格和马的性格也相似,就连我收藏的诗词字画与马有关的也很多。

我第一次骑在马背上,距今天已经二十多年了。那时候,我刚到新疆不久,在兵团一个团场的农业连队的机务点上当拖拉机手。机务点离连队有几十公里路,与古尔班·通古特沙漠为邻,机务点上就住着几户人家。寂寞是我当时最大的折磨,每当有人来或者有人路过,我都要跑出来看热闹,与过往的行人打个招呼。

从我这里过往的人很少,附近仅有一户哈萨克族牧民,牧民的名字叫赛里嘎子。他经常到这里来是因为我们的机务点上有一眼灌溉农田的机井,长年在抽水灌溉,他是来拉生活用水的。

每当正午,太阳正高天气正热的时候,我在房子里就可以听到叮叮当当的声音,我就知道赛里嘎子来拉水了。这是羊群午休的时间,赛里嘎子就趁这段时间出来拉水或者驮水。每次他来的时候就过来给我打个招呼,在一起抽根烟聊上一会,然后他就去打水,我就回房子或者去忙别的事情去了。

最初，他主动和我聊天的目的是他怕我们不让他取水，再就是赛里嘎子的生活也很寂寞单调。渐渐地我们成了无话不谈的朋友。他喜欢听我讲草原以外的事情，而我更为关注的是现实生活，喜欢了解与马有关的事情。

后来，赛里嘎子就开始教我骑马。

这是我第一次认识蒙古马和第一次骑马。

马是很欺生的。它一般只认自己的主人，我刚骑在马背上那匹马就不耐烦了，又蹦又跳，又摆撅子。没有跑出去几米，它就把我从背上给摔了下来。

这样一摔，我就更加喜欢上马了，更加引发了我驾驭一匹马的欲望。

烈马在强者面前的表现是乖顺的，在它跳、蹦得累了的时候，也就是它开始乖顺的时候。

这种征服或者是驯服后的感受，实在是很美好的，也就不难想像勇士或者牧民骑着马奔驰在草原上的感觉是多么的美好。

赛里嘎子说，这是一匹老马，如果是一匹生马，要很费劲才能够把它驯服。

把一匹生马驯成骑马的标准主要有三方面：一是骑上能掌握方向，即你的缰绳向哪个方向摆动，它就向哪个方向转；二是能牵着它跟你走；三是能上马绊。只有这样的马才能摘掉生个子马的帽子，成为可以骑乘的马。

开始驯生个子马时，在马下是霸王硬上弓。马不听话，就揪马耳朵、拧马上嘴唇。一个人着急时，甚至是用牙咬着马耳朵，好空出两只手来给马戴马嚼子和备马鞍子。马不让上马绊，就用皮条把马蹄子愣拉过来。再不行，就索性把马摔倒后再上马绊。

骑上生个子马，就是一通疯跑，直到把自己被摔下来或者把马骑"趴蛋"才算完事儿。中国北方少数民族如匈奴、鲜卑、柔然、突厥、回鹘、契丹等，都有过发达的养马历史。蒙古民族自古以游牧狩猎为生，在长年的生产生活中，积累了丰富的饲养和驯化的经验。

二

马在中国传统的十二生肖中排名第七位,中国人有姓马的。马姓是常见的姓氏之一,除了汉族以外,其他少数民族也有不少姓马的。马姓是回族的大姓之一,云南回族几乎清一色地姓马。

新疆辽阔的疆域上,随时随处都可以看到马矫健的身影,在新疆马的品种以蒙古马和伊犁马最为多见。

蒙古马是中国乃至全世界较为古老的马种之一,主要产于内蒙古草原和新疆的一些地区,是典型的草原马种。蒙古马体格不大,平均体高120～135厘米,体重267～370千克。身躯粗壮,四肢坚实有力,体质粗糙结实,头大额宽,胸廓深长,腿短,关节、肌腱发达。被毛浓密,毛色复杂。它耐劳,不畏寒冷,能适应极粗放的饲养管理,生命力极强,能够在艰苦恶劣的条件下生存,八小时可走60公里左右路程。经过调驯的蒙古马,在战场上不惊不乍,勇猛无比,历来是一种良好的军马。

蒙古马在草原上的不同地区,又有着不同的优良品种。蒙古马与新疆伊犁马,为世界马种的两大宗,可见其负有盛名。《黑鞑事略》中记载:"因其马养之得法,骑数百里,自然尤汗,故可以耐远而出战。平常正行路时,并不许其吃水草,盖辛劳中吃水草,不成膘而生病""战时参战后,就放回牧场,叫它饱食青草"。一般自二岁起即可骑乘,四岁即可劳役,五六岁发育完全。成吉思汗在垂训中曾说:"马喂肥时能奔驰,肥瘦适中或瘦时也能奔驰,才可称为良马。不能在这三种状态下奔驰的马,不能成为良马。"所以,蒙古族不论官方或民间,都十分注重对马的治理和饲养、驯化,给予精心的爱护,既把马看作足财富,更把马看成是朋友。

我在温泉县的大草原上,听到这样一首关于马的叙事长诗《成吉思汗的两匹骏马》,在草原上的蒙古族人民中间广为流传。叙事长诗里说,实际上是人们对马的一种感情的寄托。在蒙古族的文学艺术作品中,蕴含着大量的马的形象,而且都是美好的、象征吉祥的骏马的描述或主题。

在蒙古族传统的赞词、祝颂词中,对马的形象比喻和描述的深刻感人,惟妙惟肖。在赛马活动中,对获得冠军的马,必须给予赞颂,当这匹马

飞至终点时,人们要给马披挂彩带、哈达,洒注鲜奶,高声赞颂,赞词十分优美生动,如:

"它那飘飘预舞的长鬃,
　好像闪闪发光的金伞随风旋转;
　它那炯炯发光的两只眼睛,
　好像一对金鱼在水中游玩;
　它那宽阔无比的胸膛,
　好像滴满了甘露的宝壶;
　它那精神抖擞的两只耳朵,
　好像山顶上盛开的莲花瓣;
　它那震动大地的响亮回声,
　好像动听的海螺发出的吼声;
　它那宽敞而舒适的鼻孔,
　好像巧人编织的盘肠;
　它那潇洒而秀气的尾巴,
　好像色调醒目的彩绸;
　它那坚硬的四肢圆蹄,
　好像风驰电掣的风火轮。
　它身上击中了八宝的形态,
　这神奇的骏马呀,
　真是举世无双……"

在一些民歌、民间故事和英雄史诗中,马的美好、马的情感、马的忠诚,被诉说得淋漓尽致,如蒙古族地区普遍传唱的《蒙古马之歌》唱道:

"护着负伤的主人,
　绝不让敌人靠近;
　望着牺牲的主人,
　两眼雨倾盆。
　仁慈的蒙古马哟,
　英雄的蒙古马……"

134

蒙古族的英雄史诗《江格尔》把马和英雄相提并论：

"从日出方向过来的，

以草为食的你，

血肉之躯的我。

我撇开你怎能行动，

你离开我如何生存？

……"

把马与英雄之间的感情描写得淋漓尽致，带着浓厚的草原游牧文化的气息，体现了蒙古族尚武爱马的精神情结。在蒙古族的神话故事里，关于马的故事也是很多的。蒙古人认为他们饲养的马具有非凡的起源，说它"起源于风"，于是他们创造出了：

"在彩云下边奔腾，在树梢上边飞边驰，一个月跑完一年的路程，一天跑完一个月的路程，一刻跑完一天的路程，一眨眼功夫跑完一程"的飞马形象。

蒙古族人一向把马看作是自己朋友。马不仅在蒙古民间的故事中是主人的得力助手，而且也是蒙古民歌的主人公。当人们在民歌里表达对儿女的怀念，表达对情人的恋情时，总是把她同自己的骏马联系在一起。例如，在蒙古民间广为流传的民歌《枣红马》中唱道：

足力矫健的枣红马呦

奋蹄奔跑快如疾风

天生丽质的依格玛姑娘呦

就像梦幻一样出现在我眼前。

这难道不就是因为一对对恋人靠马的足力，才能倾吐爱情的缘故吗？

在今天的人们看来，蒙古马不像是好马。它个子矮小，跑速慢，越障碍也远远不及欧洲的高头大马。但是，蒙古马却是世界上耐力最强的马，对环境和食物的要求也是最低的，无论在亚洲的高寒荒漠，还是在欧洲平原，蒙古马随时都可以找到食物，具有极强的适应能力，随时胜任骑乘和拉载的工作。它还可以为骑手提供食物，马奶的利用减少了军队对后勤的要求。

有史料载,成吉思汗所向披靡的欧亚远征军只有13万人,军队的数量虽不算多,但蒙古骑兵的坐骑却绝非一般。经过他们调驯的骏马战斗力倍增,一匹战马可以顶得上三四匹普通马的效用,敌方战马根本不能与之匹敌,纷纷败下阵来。

三

鞍马艺术是蒙古族马文化不可或缺的内容之一。蒙古族制作马鞍和装饰马鞍的历史十分悠久,中国大学问家王国维先生曾赞美说:"其鞍轻简以便驰骋,重不盈七八斤。鞍之雁翅前竖而后开,故折旋而不膊不伤。镫圆故足中立而不偏,底阔故靴易入缀。镫之革手揉而不硝,灌以羊脂,故受雨而不烂,阔才一寸长不逮四总,故立马转身至顺。"(《黑鞑史略笺证》)这说明蒙古族自古以来就是善于制作马鞍,善于装饰马鞍。所以《多桑蒙古史》中也说,蒙古人的马鞍具有装饰美化传统,而且通常都用白银雕镂出各式各样的花纹。

蒙古族马鞍的基本形制,可分为方脑(前桥)鞍和尖脑鞍两种,其中也有大尾(后桥)式和小尾式的区别。如今,草原上的匠人能制造出十分合体的马鞍,不但主人骑着舒服,连马也会感到舒服。有些人讲究马鞍子,都要做各种装饰,刻制各种花纹图案,镶嵌骨雕或贝雕,也有用景泰蓝装饰的马鞍。马鞍其它部位也都加以美化,如软垫、鞍桥、鞍檐、鞍花等,还有头上的鼻花和腮花的银饰件,更显得华丽夺目。其制作工艺精美,是稀罕的艺术品。好马配好鞍,胜过龙驹,这是蒙古族历史悠久的马文化杰出的硕果之一。

四

马是蒙古族牧民生活中的资源财富,是草原上日常生活中的交通工具,是军队作战的制胜法宝,也是诗歌文学中的重要主题,是蒙古族欢庆娱乐的亲密伴侣,更是他们美的心灵和理想借以寄托的载体。所以马在蒙古族的全部社会生活中,始终具有着重要意义。

在生产领域里,马是牧民最主要的生产工具,又同时是生产对象。放牧、挽车、承骑、迁徙，乃至以马为资源的商品贸易，皆要靠马才行。所以，马是牧民富有的标志，繁荣兴旺的象征。最早的时候，草原上富有的人，马匹之多"量论谷"。以"浩特格尔"（即山沟或洼地）和"套海"（即湾子）来计群数。马是畜牧业发展的基础，"没有马，草原经济便无法经营"。

马又是蒙古人生存生活的资源。马奶及马奶制成的酒，是蒙古族喜用的饮食。元朝历代大汗，每年秋八月，都要从大都返回草原，举行盛大的马奶宴。宋代孟珙在《孟鞑备录》中说道：

"饮马乳以塞饥渴，凡一马之乳，可饱三人。"在战争中，"屯数十万之师，不举烟火"，就是以马奶充饥。饮用马奶还有特殊的保健作用，在今天的医疗保健领域仍视为重要的医用保健品。马奶酒更是上品佳酿。《马可·波罗行纪》中说："鞑靼人饮马乳，其色类白葡萄酒，而其味佳，其名曰忽迷思。"蒙古人饮马奶酒始见于《蒙古秘史》，从成吉思汗先祖时代即以酿制，到元代时已成为宫中的"国宴之酒"。在蒙古人心中，马奶酒是神圣的饮料。

五

从政治上来看，在当年草原上部落战争和王者出征的风起云涌的时代里，马的多寡壮弱有着决定性的作用。在进军征伐的激战中，强大的铁骑就是胜利者的象征。在成吉思汗的军队中，许多旗帜中有一面镶边的蓝色大旗，旗中间有一匹奔驰的白色骏马图。这面白马军旗指向哪里，军队则打到哪里，这匹白骏马就成了军队无声的指挥官。这种时刻，马是威武的也是一种权威的象征。所以在蒙古族地区一些庄严的场所或建筑物上，常雕塑一匹奔腾的高大白色骏马作为代表性标志。

在蒙古族的祭祀仪礼中，也把马作为崇拜的灵性的神驹看待。按传统的民间习俗要选一匹"神马"来主宰一个马群。平时，马保佑吉祥，战时则为强军之利器。成吉思汗西征欧亚、统一南北，靠的是战马的背力和足力强大的铁骑大军。在内蒙古鄂尔多斯高原上祭祀成吉思汗的活动中，也总要有一匹白色骏马的形象才算是大奠。在传统的祭祀礼仪中，有两种作为马文化现象的习俗是值得一写的。一种是悬挂"风马"旗的习俗，一种是系彩绸带"神马"习俗。"风马"称"天马图",图案正中是扬尾奋蹄、引颈长嘶的骏马,托着如意瑰宝飞奔;骏马上方是展翅翱翔的大鹏和腾云驾雾的青龙;骏马下面是张牙舞爪的老虎和气势汹涌的雄狮。这五种动物以不同的姿态和表情,表现了它们勇猛威严的共性。人们把这个图案拓印在十多厘米见方的白布或白纸上,张贴于墙壁,不管取何种形式,它的真正含义都比其表面图案深远,是人们对于命运吉祥如意的寄托,希望自己的前途像乘风飞腾的骏马一样一帆风顺。

如果说"风马"象征着人们的"运气"和"幸运"的话,那么,"神马"便是人们爱马和祝愿马群兴旺的寄托。什么叫"神马"呢?按照蒙古族传统习俗,人们从马群里挑选出一匹自己最喜欢的马或作出贡献的"劳苦功高"的马,举行祝福涂抹仪式,在它的鬃毛或脖颈上系上彩绸带,宣布为献给神的马,名曰"神马",终身不受羁勒,不服劳役,撒群闲游。过去人们认为这是迷信做法,但换一个角度看的话,实际上这是牧民借献神之名,祝愿自己马群兴旺的爱马思想集中表象。从这些马的情物中,可以看到马在蒙古族生活里,已不仅只是乘骑的马,而且已经具有着丰富的文化内涵和鲜明的人文特征。

原始草原残酷的生存规则就是"不是你死,就是我亡",血性的风物养育血性的人。对蒙古人来说,血性是一种自觉,一种习惯。人是这样,马亦如此,蒙古马成就了成吉思汗,成就了马背民族。

祭 敖 包

我曾经无数次地在草原上行走,遇到一处高耸的敖包是一件再平常不过的事情了,我也常见蒙古族牧民行至敖包前就早早地下马或者停车虔诚地前来祭拜。后来我了解到,蒙古族牧民对于大自然的崇拜,是寄予一个山包、一棵树或者是几块石头上的,他们把对亲人的祝福、牲畜的兴旺化作祭祀敖包的具体行为。

祭祀敖包是隆重的民间仪式。每年的五月或七月,草原上鲜花盛开的时节,牧人们骑着马从四面八方汇集在敖包山下,待红日初升之时祭拜者涌上山顶,献上哈达,敬奉自酿的奶酒等食品,默默祈祷着绕敖包三圈,然后在敖包前跪拜或行躬首礼,向苍天,向天神祈福禳灾,祈求草原风调雨顺,五畜兴旺,国泰民安。

古老的祭祀分血祭、火祭、酒祭等几种形式。血祭即杀牲祭祀。祭祀时宰杀牲畜,用乳汁行灌礼,由萨满作祈祷。杀牲祭祀时,要取心脏、血浆、油脂,浸濡皮索缠绕敖包。血祭风俗也与古代的萨满教有关,是最古老的习俗。火祭时,在敖包前焚烧一堆干牛粪或干树枝,祭祀者排列成队绕火三圈,并念叨自己氏族的姓氏,手捧祭品,把羊肉投入火堆里燃烧。蒙古族的萨满教认为火是最圣洁的,因而以火祭敖包。酒祭是把鲜奶、奶酒洒在敖包上。洒奶酒而祭,是蒙古族最高的礼仪。

有一首古老的祭词,表达了祭祀者的心愿:

向你,完全实现我们祝愿的神,

向所有的守护神,从腾格里天神到龙神,

我们表示崇拜并以祭礼而颂赞,

根据我们的崇拜、祭祀和赞美,

祝永远成为我们的朋友和伴侣。

对于那些祭祀的人和为之进行祭祀的人们,

无论是家中,大街小巷,还是其他什么地方,

减轻疾病,镇压鬼怪和与人作难的恶魔,

此乃生命之力、财富和快乐。

这首古老的祭祀以谦恭的语气特别提到"从腾格里天神到龙神",与"龙神"并列,一并表达崇拜和颂赞。毫无疑问,此处的文字所涵盖的情感非同寻常,隐含着古老部落文化的演化脉络,将人们的思绪引向久远的过去。

从整体上分析祭祀敖包活动所呈现的文化内涵,用便于人们所理解

的语言诠释它、把握它,从中取富有生命力的要素,给更多人以精神启迪,也是一件有意义的事情。

有专家认为,"敖包"是由古蒙语中的"灶火"(与氏族同义)一词衍生而来。这一观点如果确立,明显地突出了敖包祭祀活动的祖先崇拜的含义。对任何一个民族而言,在其谋求发展的特定历史阶段,祖先崇拜方式的意义在于凝聚民族之力,彰显民族之魂,在温习古老仪式的过程中,洗涤灵魂,以接续和传承久远的历史与独特的文化。

祭祀敖包活动究竟源自何时何地? 也是难解之题。如今,无论在文献典籍里考证,还是从民风民情中去体察,都难以给出清晰的结论。总括起来讲,祭祀敖包是古老的民间活动,有其自身生成、演化的历史。无疑,它在定型过程中融汇了多种文化元素,是伴随历史的演变逐步形成的集体仪式。祭祀敖包,关键在于人们寻找到了一种向大自然表达精神渴求的形式。

如果从历史典籍中考证,《蒙古秘史》第70节中的一段记载可做参考:

"那年春天,俺巴孩·合罕的妻斡儿伯、莎合台二人,到祭祀祖先之地,烧饭祭祀时,诃额仑夫人到得晚了。因为没有等候她,没有等她来了分给祭胙的份子……"

这段历史信息的时间为公元1172年前后,它表明早在蒙古民族形成的初期,已在固定的时间、固定的地点祭祀祖先,并确立为整个部族所遵从的习俗。如今,生活在草原上的蒙古族牧民,他们在固定的时间、固定的地点祭祀祖先时,仍然保留着现场分食"祭胙的份子"的古老习俗。

《秘史》第103节另有记载:刚刚成年的铁木真,为逃避三姓篾儿乞惕人的追捕(大约在公元1178年前后),躲进不儿罕·合勒敦山而避开一劫。下山后,他"面向太阳,把腰带挂在颈上,把帽子托在手里,以另一手捶胸,面对太阳跪拜几次,撒祭而祝祷"。他捶胸而誓:"对不尔罕·合勒敦山,每天早晨要祭祀,每天都要祝祷,我的子子孙孙,都要铭记不忘! "

当年,血气方刚的铁木真之所以对不尔罕·合勒敦山感怀不忘,发誓每天早晨要祭祀它,以感激这座吉祥之峰的福佑,如果从蒙古族早期历史发展的脉络来分析,铁木真此举并非偶然,而是遵从部族旧有习俗。因为在那一段时间，蒙古民族从大兴安岭迁至肯特山附近的三河之源，仅有四百余年的时间，其先祖在森林中祭拜山岭的古老传说与习俗，他定有所闻。

由此得出一个推论：祭祀敖包活动，其中含有祭拜先祖之意。

走出森林之初，蒙古部族仍信奉萨满教。铁木真统一蒙古各部落时，他身边有个叫阔阔出（属沃沮通古斯语支人）的大萨满，人称帖卜活神，《蒙古秘史》写为帖卜腾格里，含天神之意。他以神的名义全力辅佐铁木真，常劝铁木真称汗，他给铁木真上了"成吉思汗"的尊号，意为"至大之汗""至尊之汗"。由此可见，当时萨满教在蒙古民族中地位之显赫，毫无疑问处于至尊至上的位置。

追溯祭祀敖包仪式的源头，它极有可能是以萨满的祭祀活动形式出现的，随着时间的推移，逐渐固定了祭祀活动的时间、祭祀地点，确定了共同遵从的主题。历史的长河以无形的冲力，将祭祀繁杂的程序缩减，使其仪式化，扩大了参与者的范围。从萨满的祭祀活动到祭祀敖包的演化过程，类似于从独舞到群舞的舞台场景的大转换，是富有生命力的古老信仰普及和传承的过程。

谈到敖包上堆放的土块，有一个现象值得注意，敖包外形以及堆放石块的形式都与藏族为祭祀山而堆放的圆锥形"嘛泥堆"相似。有专家认为，以石块堆筑敖包这一形式源自藏传佛教的影响。十三世纪之后，佛教和藏族文化相结合而形成的喇嘛教传入蒙古人中，并逐渐取代了萨满教。在喇嘛教逐渐获得主导地位的过程中，得到蒙古皇室的支持，喇嘛教对萨满教进行了一系列的镇压，消弱了萨满教的影响，巩固了喇嘛教的影响力。大约至明代，喇嘛教取得主宰地位，其影响逐渐渗透到蒙古人的生产、生活中，蒙古族文化由此具有了喇嘛教的特色。

一位人类学家在谈到萨满及其古老信仰时，从宏观角度探讨其特性，称其为"尊重自然的人"。这是着重从历史文化角度来思考，体现了一种稳定的价值尺度及评价事物的标准。尊崇自然、敬畏大自然是敖包祭祀活动中的核心观念，这一信仰源自这片古老的土地，尽管他披上了一层层神秘的外衣，仍具有内在的合理性及不可思议的历史超越性。这一信仰将人的生存、人的行为方式、人摆脱不掉的危机意识与大自然(大自然的主宰)融为一体。从积极意义上讲,千百年来,这一信仰有效地抑制了人类损毁大自然的冲动,体现了人与自然环境在特定的地域中,在精神层面达到的初始阶段的和谐。

花　事

每年的春天,温泉大草原上无数的鲜花争奇斗艳地盛开着,各种各样叫不上名字的鲜花让人眼花缭乱。这个季节是花的海洋,花的世界。在这个季节里蜜蜂忙碌得忘了时刻,花开得忘了季节。

一些曼妙的故事在这里上演,一个飘香的境界让人心之向往。我是和博尔塔拉蒙古族自治州的几位作家朋友嗅着花的传说和故事一路走来的。然而,我们犯了一个季节性的错误,去的时候是初春,初春的温泉还是白雪残留,寒气袭人。看来赏花无望,也只能听与花有关的故事了。

温泉县委宣传部的干事朱磊,平时少言寡语,听到我们在聊关于草原上与花有关的事情,突然插言道:各位老师想看温泉的鲜花并不难啊,西郊有花卉基地,现在是玫瑰花、康乃馨、百合花、郁金香开得正艳的时候。

我们要去的地方是位于温泉县博格达尔镇西郊大棚花卉基地,是温泉县天源花卉有限责任公司的花卉生产基地。总经理张建淼出生在温泉,后来上学、经商,离开了自己的故土。十年商海弄潮,完成了自己事业发展的原始积累。心里装着对于故乡土地的一份情结回到了草原创业。温泉大草原冬暖夏凉,年温差异小,属于典型的逆温带,适合种植康乃馨、百合花、玫瑰花等。

于是,2007年底的一天,花卉基地开始破土动工了。

展现在我们面前的是一座投资七百多万元,占地面积一万平方米,20

个冬暖大棚的现代化的花卉生产基地。目前,已确立了鲜切花以康乃馨、百合花、玫瑰花,观赏性盆花为主的花卉产业布局,进行专业化和规模化生产,还正在试种郁金香、牡丹、兰花、梅花、桃花等。

在温暖如春的花卉大棚里,各种名贵的鲜花含苞待放,那羞羞答答的玫瑰花更是惹人喜欢。玫瑰花的花语是爱情是甜蜜,在任何一个季节,这里都有玫瑰花开放。

为此,我还专门查阅了关于玫瑰花的资料。玫瑰花,又名赤蔷薇,为蔷薇科落叶灌木。茎多刺。花有紫、白两种,形似蔷薇和月季。一般用作蜜饯、糕点等食品的配料。花瓣、根均作药用,入药多用紫玫瑰。

玫瑰花又称徘徊花、刺玫花,每年4或5月花蕾将开时采集,用文火迅速烘干,烘时将花摊成薄层,花冠向下,使其最先干燥,然后翻转烘干其余部分。如晒干,颜色和香气均较差。入药以气味芳香浓郁、朵大、瓣厚、色紫,鲜艳者为佳。玫瑰花性温味甘微苦,入肝、脾二经,具有理气解郁、和血散瘀的功效。

各种颜色代表各种的意义或爱情的语言。

鲜花绽放出了艳丽的花蕊,带动了一方产业。

与我同行的还有博州一位诗人,诗人此次来温泉,一是来采风,二是来和一位花一样的女子约会。

我们看得出来,诗人和他的诗都像待放的花一样羞涩,而那位有着花儿一样容貌的女子,却像盛开的玫瑰一样坦然、大方。

这个春天一定会有像花儿一样灿烂的故事流传。真的!

表　情

我是在去温泉的火车上,遇到三位来自温泉县的蒙古族牧民妇女的。

一个人出行,为了打发寂寞的时光,我带了一本关于草原的书,在卧铺车厢的席位上百无聊赖地翻着,本来想是多了解一下关于草原,关于蒙古族,关于游牧文化的知识,没有想到作者把书写成了自己理想化的东西,作者自顾自说,不考虑读者的承受力实在是有些遗憾。

草原上的事物是几千年来,游牧文化的代代传承发展而来的,是具有广泛性和包容性的。无论是草原上的人还是其他事物,他们的朴实面貌和原生态的状况是没有被改变的,这也是我多年来追慕草原文化的情结所在。有了这种情结,我对于草原文化的方方面面都产生关注的嗜好,比如一首歌,一本书,一个传说……

书没有意思,我翻了几页就扔下了,车厢里人很少,没有拥挤嘈杂的气氛,我呆呆地望着车窗外。

几个女人叽叽喳喳的声音传来,她们的口音明显地带着地方少数民族的方言。

在她们的交谈中,我了解到他们来自温泉县,是草原上的蒙古族牧民。她们是第一次进城,第一次来到省会城市乌鲁木齐的,来的目的是看病。在她们的眼里一切都是新鲜的,一切都让她们感觉到好奇,一切又和她们的生活格格不入,新鲜的同时又是非常的不适应。

那个年轻一点的蒙古族妇女,性格比较开朗,主动与我打招呼,她的名字叫卓雅。她问怎么能够上到中铺。问这些她丝毫没有显露出不好意思的表情,她说话的内容让乘客感觉到有喜剧效果的成分。她说:“女人怎么能够在男人上面睡觉呢?这是对你们男人的不尊重,男人应该在上面,女人就应该在下面。”她说的意思很明白,只是表达的方式有问题,她的意思是不能够和陌生男人在一起住,更何况她们在上面。车上的乘客都笑了,她说火车还没有马背上舒服呢!

我不知道怎样向她解释。

在她接下来的话语里我了解到,她对于城市,对于城市里的人没有什么好的印象。在她们温泉县城,无论干什么,认识的或者是不认识的大家都很热情,都肯帮人。在城市的医院里看病医生的脸是冰冷的,寻医、问药、就医凡事都要问人,凡事都要排队,凡事都要忍受城市人的坏脾气。她

144

说,草原上没有这样的脸,草原上的人们的脸都像草原上的花一样是盛开的。

他们都不懂城市的表情,就像城市人读不懂草原一样。草原上人们生活在自己的一种态度里,很自信。

城市里的人却不一定。

水 的 精 神

十几个小时后,我们终于看到水了,西阳夕下,我们到达了开都河畔,此时的心情是别样的。一路坎坷,一路艰辛,被开都河畔的西阳沐浴着,我们停了车,疯跑着冲到河边。

开都河发源于我国最大的高山牧场——巴音布鲁克大草原,流域全长530公里,面积22314平方公里,年径流量达399亿立方米。它上连我国唯一的天鹅自然保护区——巴音布鲁克天鹅湖,尾闾是中国最大的内陆淡水湖——博斯腾湖。作为塔里木河的源流,国家恢复塔河绿色走廊的生机,实施北水南调工程的关键河流,一直承担着向塔河下游生态应急输水的重要任务,因此开都河不仅是南疆绿洲的生态源,还是重要的生命源。

对于流向沙漠的河流,一直以来我有着复杂的感情,面对着的是死亡却义无返顾,以自己的妩媚之躯拥抱着沙漠,它的生命是死亡也是新生。

到达巴音郭楞蒙古自治州的首府库尔勒市,已经是晚上十时了。大家虽然很疲劳,但是都很兴奋,兵团农二师宣传部长何国庆等人一直在博斯腾宾馆等着我们的到来。

巴音郭楞蒙古自治州位于新疆东南部。东邻甘肃、青海,南倚昆仑山与西藏相接,西连和田、阿克苏地区,北以天山库鲁克塔格山、白玉山为界,与伊犁、塔城、昌吉、乌鲁木齐、吐鲁番、哈密等地州市相连。纵横最大

145

长度约超800公里,行政区划面积48.27万平方公里,占新疆总面积的四分之一,相当于江苏、浙江、江西和福建四省面积之和,是全国30个少数民族自治州中行政面积最大的州,堪称华夏第一州。

巴音郭楞,蒙古语意为"美丽富绕的流域"。这里分属天山山地、塔里木盆地东部和昆仑山、阿尔金山山地等三个地貌区,中有高山、盆地、河流湖泊、戈壁、沙漠和平原绿洲。属中温带和暖温带大陆性气候。由于地形较复杂、气候类型较多。高山与平原的气候截然不同,大漠与湖泊的气候构成鲜明的对比。

巴州汉初为西域36国之若羌、楼兰、且末、小宛、戎卢、尉犁、危须、焉耆、渠犁、乌垒、山国等国所在地。西汉神爵二年,始设西域都护府于乌垒城。唐时设焉耆都督府,五代至宋属西州回鹘,明隶准噶尔。清朝乾隆年间,土尔扈特蒙古族部落回归后被安置于珠勒都斯。光绪十年(1984年)新疆建省后,设喀喇沙尔直隶厅,后改升焉耆府。民国期间设焉耆道,焉耆行政区。建国后成立了焉耆专员公署。1954年6月26日,成立了巴音郭楞蒙古自治州。

古丝绸之路中南两道贯穿境内,这里曾飘扬过张骞出使西域的旗帜,留下过班超立马横刀的雄姿和唐僧西天取经的脚印。境内现有自治区级文物保护单位16处,有档案记录的文物保护点达二百四十余处。

中国最大的沙漠——塔克拉玛干沙漠,总面积33.76万平方公里,巴州境内就有13万平方公里,巴州拥有中国最大的内陆淡水湖——博斯腾湖,被誉沙漠里的水上乐园,中国最长的内陆河——塔里木河,两岸的"英雄树"胡杨林与沙海相依为伴,形成一道天然的"绿色走廊",中国最大的天鹅自然保护区——巴音布鲁克天鹅湖自然保护区,位于中国最大的优质高山牧场巴音布鲁克草原,巴州还需拥有世界内陆最大的野生动物保护区——阿尔金山自然保护区,被誉为"天然动物园""有蹄类动物世界"和"鸟类的天堂"。

7月28日,我们在早晨十点时离开库尔勒沿车向阿克苏方向行驶,此时,天上竟然下起了雨,而且是雨越下越大。与昨天的炎热相比,今天的感觉有些江南的味道。

在大漠的边沿感受雨季，有一种说不出来的美妙，南疆是很少下雨的，即是下雨也很小的几滴就完事了，可是今天却格外的大，先是淅淅沥沥地下，不久就是大雨滂沱了。

12时30分，我们到达了轮台县境内的阳霞镇，这时雨停了。一场大雨过后大地一片清新，空气里的水分子明显地多了起来，空气里湿漉漉的，我们尽情地享受着大自然给予我们的这份馈赠。

我们的车子刚要进入阳霞镇，一条不太宽的河流挡住了我们的去路。河床并不宽，仅仅有二十多米，由于今天的这场雨是多年不遇的一场特大暴雨，导致山洪暴发，狭窄的河床被汹涌的洪水涌堵着，在河上架设了几十年的大桥被洪水冲垮了。河的两岸滞留了许多过往的车辆和行人，大家觉得是既新奇又着急，新奇的是在这大漠的边缘也有如此大的洪水，着急的是每个人都有自己的行程和自己的事情要去办。面对这么大的洪水，人们都在盘算着自己的行程和事情如何去处理。翻来覆去地盘算着还是没有好的主意。既然走不了还不如什么都不去想，索性也就什么也不去想，在河两岸自由地来回走动走动，看洪水起起落落，看多年来在干渴中成长起来的胡杨和红柳如何地痛饮着，一些不知名的鸟儿在水面上欢叫着盘旋着。一切是那么的平静和谐，一切都是那么自然而然地发生着，进行着，好像这里的一切并没有因为洪水的到来改变着什么。我的感觉从来没有像当时那样平静过，是啊，自然界的一切发生和发展，尽管千年才有一次大的改变，但是它仍然是和谐和平静的，这种境界是人类永远也无法达到的。

大约两个小时后，洪水开始下降，河床边上稍高一些的地方露出了水面，树上挂着洪水从上游带来的树枝或者杂草，这是洪水留下的记忆。

洪水越来越小，有人开始用拖拉机运来了木头和沙石料，准备建一座临时的桥，好让这些被堵的车辆通行，据说这是镇里安排的，我们终于看到了希望。

一小时后，一座简易的木桥已经搭建完成了，两岸滞留的车辆开始有序地交替通行，因为简易的木桥很窄一次只能通过一辆车，不能双向同时行驶，所以通过一辆车很慢，尽管过桥的速度很慢，所有被滞留的车辆没有抢路走的,此刻好像大家最富余的就是时间了。

也许这是人类的本性吧,只有在面对自然的挑战时才显得的从容、宽容、谦让和携手与共。

我们的车在摇摇的桥上慢慢通过时,大家都下来行走,可是大家的心还是在车上,直到车安全通过了木桥大家才喘了口粗气,这一幕被我们同行的电视记者拍了下来。

第五辑:团场的岁月

十二斗的机务站

机务站在离连队12公里远的地方。是准噶尔盆地的南缘,从机务站往北走不远就是古尔班通古特沙漠了。这里的荒凉程度不用详细的描述也可以想像的出来,以至于地名也没有,连队里的大块条田,在这里叫斗渠,一个斗渠长的条田大概一公里多,是从团部一直排下来的,到了这里就是十二斗了,所以人们就自然地把这个地方叫十二斗机务点了。

兵团的许许多多的地名也就是这么来的。

我就是这个机务点上的机务工人,确切地说,我就是一个开"东方红"链轨拖拉机手。我的主要工作就是给连队里的几千多亩土地,犁地、耙地、播种中耕、施肥……

周而复始,实在是有些乏味,况且这个十二斗机务点就住着十几户人家。

那段时间我也习惯了那种很有规律的生活工作模式,白班,夜班。上班,下班,给拖拉机换农具、加油、保养车,一天天,一月月周而复始。

上夜班一般是在20时去地头接班,我习惯地把自己的大水壶装满水,再把油桶里加满一桶油,这是我和链轨拖拉机一个夜晚的给养,做这些事情的时候,每次我都做得很认真仔细,总是把油桶加得满满的,再认真检查一下油桶盖是否拧得结结实实的了。因为我知道,有可能因为疏忽了一个微不足道的细节, 就导致我一个晚上没有水喝,或者拖拉机的油料不足,从而影响工作进度。

犁地是很枯燥的,夜晚犁地那就更枯燥了。

茫茫的黑夜里,只有我驾驶的拖拉机在轰隆隆地响着,两束雪亮的灯光像撕破长夜的剑。仿佛整个准噶尔盆地也只有这轰隆隆的机声和这两束刺眼的灯光显示着这里的些许生机。

在这样的夜晚犁地，瞌睡时时困扰着我，特别是到了下半夜，分分秒秒都是难熬的。为了排解我的瞌睡，我可是绞尽脑汁，想尽了各种办法。比如，唱歌，尽管我是五音不全，我还是大声唱歌了，说是唱歌实际上是在吼歌，如果没有拖拉机的轰鸣声，我想我的歌声可以把一只隐藏在暗处正在窥视我的狼吓跑。对于我的种"能力"我是丝毫不去怀疑的。我的这种"能力"在与工友们一起喝酒的时候得到过无数次地验证，酒入豪肠我没有酿出所谓"三分月光"，而是喝出了"七分剑气"，当我劝工友们喝酒，实在劝不动的时候，我就可以放声"歌唱"了，我在喝酒时唱歌效果是很明显的，几个哥们端起酒杯来，一脸无奈的表情："哥们我宁愿把自己喝醉，我都不想听你唱歌了。哈哈！"话有些夸张，但是足已说明我唱歌的杀伤力。

在拖拉机上唱歌的结果是把自己唱烦，唱厌了，结果还是瞌睡。

停车睡觉是不可能的，这样容易被师傅或者同事发现。于是我想出来开车睡觉的办法，把拖拉机的油门调到最小，档位调到一档让拖拉机左边的链轨沿着犁沟慢慢向前走，拖拉机是不可能跑偏的。连队的条田小则一块地上百亩，大着几百亩，拖拉机在正常的情况下犁地，从一头犁到另一头大概需要三十多分钟，而像我这样放慢了速度，则需要五十多分钟。我往往就利用了这五十多分钟双手抱着操作杆美美的睡上一觉。多数时候，我一觉醒来，拖拉机就差不多到头了。

我的的这种投机行为，往往是在下半夜的时候进行的，最初，我常常为我的这种"聪明"，暗自得意。我的这种"得意"在第二年就彻底土崩瓦解了。

这样犁的地很浅，达不到犁地的要求标准，对于庄稼影响很大。

如果这块地是被种上了麦子，到了第二年五月份的时候，就可以发现，犁得浅的地方，麦子长的黄黄地、矮矮地，与旁边的麦子形成了鲜明对比。

有时候，连队的农业技术员也是看着这几行麦子发呆，一时找不到原因。

尽管我有些内疚，我还是不能够说原因。

我心里产生了一种比瞌睡更难受的感觉，后来我犁地的时候再没有了瞌睡。

家居的日子真好

第一缕阳光是从上午十点钟照到我身上的。初春或是晚秋的阳光让我感觉同样亲切，像我身体的一部分，不可分割，亦不可少。我总是在这样的周末，伸着懒腰打着哈欠，走到室外去感受阳光给予我的那缕温馨。

因为次日不去上班大可不必去考虑时间的问题，于是整个晚上可以尽情的看书、写作、听音乐或品茗。这是一个人思想行为最随心所欲的时刻，不需要考虑身上的衣服是否合宜，更不用去想室内的用品及书刊放的位置是否合乎情理，总之想怎么着就怎么着。不用任何的规矩方圆来衡量自己的行为举止的对错。书可以随处放，书桌上、茶几上、床上到处都是书。我觉的这样放书才能够显得自然，才能给我的写作带来好的心情和灵感。我是一个不拘小节的人，无论是穿衣、饮食、读书、写作同样如此，不受外因的干扰和影响，读什么书写什么东西，想读则读、想写则写，在很多的时候写作、读书、品茗是我生活的一种方式。写作的目的并不是为了自己日后能成为名作家什么的，严格的讲写作不是为了出名，是我调节生活的一种方式。所以我读书、写作的时间，是在周末或节假日的午夜之后开始的。对于这一生活方式，多年来我一直坚持着，对于上午的第一缕阳光也就倍感亲切。次日，我望着满屋子四处乱放的书和写作过的稿笺，由内心里升腾着一种无法名状的幸福。

我的这些习惯在外人眼里也许是恶习。可是，我的女儿从三岁起对于我的作为就习以为常了，小女儿从来不动我散放在书桌、茶几或掉在地上的稿纸。久而久之，我文稿从来没有少角掉页过。

家居的日子真好。

庭 院 写 意

　　有关家的话题我曾经用粗浅的语言叙说过一二，但对家的那份痴爱是无法说清楚的。我在一首诗里写道:家是香甜可口的小米粥/家是感知冷暖的目光/家是牵肠挂肚的期盼/家是宽容亦是忍耐/家是心灵永远的驿站……

　　走得越远,离开得越久,越是能体味出家居时的那份韵味和情致……

　　家居的日子,是一个又一个真实而生动的故事,是一幅幅永不重复的画卷。经过一个星期紧张的工作之后，当我迎来休息日的第一束霞光之时，在静静地小院里，我默默的欣赏菜叶上露珠滑落泥土的过程,听鸽子抖动翅膀飞向蓝天的声音，一种从未有过的轻松和幸福遍布我身体的每一个细胞,我深深感悟到生活的真实和生命的美好。小院里的丝瓜、南瓜爬上了房檐,豆角伸着纤纤手臂爬上了架杆,各种瓜菜嫩嫩的茎叶让人陶醉。而这时,收音机里正播送着中央人民广播电台的早间新闻节目,国内、国外的大事把现代生活的情趣和内涵说得淋漓尽致。个中滋味,既有陶渊明先生世外桃源的生活情调,又有现代人文明的生活节奏。

　　感谢生活,感谢生命,给了我们每一天充实的生活和健康的生命。其实陶渊明先生的世外桃源并不是真正的世外乐园,国不安宁,民不聊生,官宦腐败。他是看破红尘才去寻找世外桃源的,即使他身居桃园又能品味出生活的什么滋味呢? 千百年来,人们也试图寻找陶先生的世外桃源,其实,这是人们生活空虚时寻找寄托的一种方式,产生的一种幻想仰或是自我欺骗,是一种消极的人生态度。假如陶先生生活在今天,赶他去桃园都不会去的。

给院子里青菜松土、浇水、捉虫我感觉是一件幸福的事情。青青的秧苗在水肥、阳光的滋养下一天天的长大,总是在不经意间绽开花蕾,然后结出一份惊喜。

我家是一处不太起眼的红砖墙小院落,是机关原来的库房,由于单位住房紧张,经过简单的装修之后我便搬了进来。尽管住房面积小了点,院子里倒也有五六分地,逢节假日我便和妻子翻地、挖畦,起初有同事说这地碱太大种不出菜来的,更何况买菜吃又能花几个钱?我用微笑回答他们。其实种菜的含义并不仅仅在于吃菜和节省一点钱上,而是营造出生活的一种情趣,丰富生活的一项内容,是享受生活的一种方式。当鹅黄的苗儿顶出地面,露出羞羞答答的小脑袋时,我同样体会到了生命力的旺盛和价值。

当小院里的各种蔬菜、瓜果满棚满架时,我心里便滋生出一种无法名状的喜悦和充实。我喜欢在晨光里和月光下观赏菜地里那成熟的况味,体味生活的色彩、滋味……

我 爱 我 家

家是温馨的寓所。

家是平静的港湾。

家是关怀、抚慰的所在。

……

身在异乡的旅人渴望家的温暖,需要家人的关怀。上班的、外出的人经过一天的紧张忙碌之后回到家,点一根烟或喝上一杯茶,然后慢慢向家人诉说一天的心事,我想这便是人人都想拥有的天伦之乐吧!家的含义由此而深刻,家的意境由此而深远。

在兵团农场工作了许多年的我,直到现在才有了一个温暖、稳定的家。作为工薪阶层若要建两间房子,那实在太难了。我曾在一篇《我想有个家》里写道,我在原单位工作了许多年,一直没有自己的住房,靠借房和租房过了好几年。我是一个新闻干事,五年的工资总和才够建两间房,再说一家老小要吃要穿,建私房遥遥无期,在机关又是个小字辈,分房子一年半载轮不上。多次找领导,反而惹得领导生气,最后给我下了一个定义:"这小子素质太差!"因为没有自己的住房,靠租别人的小房子过日子,作为一个与文字常打交道的人,老婆、孩子吵闹不说,一张写字台都放不下,所以晚上只得到办公室去爬格子。那时,我最大的愿望就是拥有一间住房,一个温暖的家。最终连这个愿望都不能实现的时候,我只好咬咬牙走了。

我这个人有个习惯,从不和领导套近乎,只是脚踏实地地干工作。调到新单位也是一如既往,只要把工作做好就是我最大的满足。在原单位我作为一名新闻干部,每年都要在兵团、师里获奖,荣誉证书装满了箱子。可在单位年终评比连个先进工作者都评不上,言下之意不是我想捞荣誉,捞政治资本,而是单位并没有承认我的劳动成果。这是让我最失望和伤心的事。难怪妻子说,你的荣誉证书再多也盖不起两间房子,小女儿把荣誉证书当玩具。难道荣誉证书真的贬值了吗?

离开原单位那天,我是微笑着走上搬迁汽车的,可心里却在流泪。秋风中树叶沙沙的飘落,打在我的头上,一股凄凉,一种失落,萦绕在我的心头。家在那里? 没有人来送我,我觉得我像个无家可归的人。我眷念这片土地,因为我毕竟为她付出过,有这片土地和蓝天可以作证。

调到新单位,我更加努力地工作,及时地把单位的工作动态、农场热点报道出去,大报、小报都不断采用我的文章,为单位的宣传工作增色不少。领导隔三差五地问我有什么困难没有? 过冬的煤拉了没有? 为了解决我的住房,领导跑前跑后。我第一次感受到了温暖和关怀,也第一次感受到了我的劳动是倍受肯定的,这也是让我有生以来最感动和欣慰的。同事和领导知道我从内地来新疆工作没几年,家庭困难多,多次帮助我度过难关。今年五月我回老家看我生病的女儿,临行前,场领导在没有发工资的情况下,拿出几百元钱来帮我……

去年我刚来新单位不久，场里便给我分了两间房子。领导看到房子旧，曾多次去我家问房子冷不冷，过冬有没有问题？今年秋天，单位又花钱把房子装修了一下。现在，我真正感受到了家的温暖。

我爱我家，我更爱农场这个大家。

银海竞风流

十月的天山南北已是银白的世界，耀眼的白色让你的双目有一种幸福的肿胀感，这幸福的颜色来自无边的棉海。太阳失去了那象征刚毅雄壮的炎热，却像一位少妇仪态万方，端庄而温柔。它暖暖地照在身上，使人全身都有说不出的酥痒之感。

阅尽绿浪翠屏，始读白色画卷，方品生活甘甜。这个季节天非常的高，也非常的蓝，无边的棉海尽头是高耸的天山雪峰，遥相辉应，相得益彰，成为西部疆域一道耀眼的风景线。

这个季节的团场人家，是最忙碌最充实的季节。黎明的曙光还没有撕破天边那最后一丝暗淡，农工们便呼儿唤女下地去了，去采摘一年一度的好心情，去收获称心如意的好日子，好日子是汗水里泡出来的，好日子是风里雨里赢回来的，人们早出晚归与这深秋的天气争一个高低。深秋的天，像娃娃的脸说变就变。一旦变天，气温急降，霜来了，雪来了，冬天也就不远了，会给丰收的果实打个折扣，深秋一刻值千金在这里显得尤其明显了。于是，这个季节是最热闹、最红火的日子，各出自个儿高招，"招兵买马"抢摘棉花。一些单位到内地去接摘棉花的季节工，有的则去城里的大专院校去接师生。一时间，大车小车源源不断地开进团场连队，一场无硝烟的战争拉开了序幕。

无垠的棉海里，"沙沙、沙沙"的拾花声让你感到久违的温馨和幸福，

157

像蚕咬桑叶,更像一曲浪漫的乐曲。谁是银海"英雄",谁是摘花"状元",人们暗中较量,比采摘速度,比采摘质量。单位与单位比,家庭与家庭赛,小伙赛,姑娘比,夫妻赛,千里棉海成了争夺摘花冠军的竞技场。

走进秋天,走进好日子凝聚的情结,去品味岁月的金黄和银白,你会时时处处被一些事情所感动。你会惊喜的发现这块以荒凉著称的疆土,如今已变成海市蜃楼的模样。"三北"防护林像一道绿色长城隔开了两个世界,一面是绿洲棉海,一面是戈壁荒漠。这片神奇的土地没有人去怀疑它的荒凉,只有人惊叹它的辉煌,四十四年戈壁惊开新世界。

西部的风采,是兵团人的风采,绿洲银海是兵团人的情怀,坦坦荡荡地绘出壮丽的画卷。一位农工在盛开的棉田里如是说,今年他承包了一百三十多亩棉花,丰收已成定局,然而让他感到丰收的咱兵团人战胜自然、改造自然的信心和行动,还有那干群一心的鱼水情。他今年自筹七万多元钱"两费自理"承包连队的土地种棉花,准备风风火火地大干一场。谁知,开春刚一播种老天就当头给了他一棒,多年不遇的沙尘暴袭来,使他130亩刚刚播过种的棉田有70亩地的地膜被大风卷起,到处一片狼藉,满目凄凉,接下来又是连续数日的低温,妻子坐在地头大哭。连队领导来了,团场机关的干部来了,大家齐动手补种铺膜……经过辛勤的管理,金秋的画卷上将会为他绘出八万元利润的字样。

这位农工的故事是西部银海里的一朵小花,而天山南北星罗棋布的绿洲上,兵团的干部群众从春到秋哪一位离开过棉海?这正是兵团人的本色。

绿洲的祝福

一

挥一把汗水,大吼一声,按捺不住的激情在无边的银海里游弋,金秋十月,西部绿洲晾晒最好的心情,西部中国以绿洲的名义向您祝福——我的母亲,我的祖国!

直线加方块的韵律,是我们军垦人的不屈的性格,延伸着龙的肢体,虎的气魄。棉海无垠绵延万里秋雪,瓜果飘香吸引四海宾朋。共和国的棉花基地,大西北的瓜果之乡,正展示着兵团儿女屯垦戍边四十五年的风采和改革开放二十年硕果,捧着香甜的哈密瓜、优质的长绒棉献给您——五十周岁的祖国。

没有人怀疑我们的忠诚,从军垦第一犁洒下的汗水到如今绿洲崛起新城,我们没有离开过这片血运旺旺的土地,我们爱的种子已在天山南北萌芽生长成西部中国新鲜亮丽的一道风景。我们的青春、血汗、甚至生命,在荒漠戈壁谱写了人生波澜壮阔的绿色交响。目光音符都是汗水,每一首歌都有青春的风采,你有你的自豪我有我的骄傲,从人拉犁、坎土曼到现代的机器轰鸣,从地窝子、干打垒的土块房到让城里人羡慕的小康房,都浓缩了军垦人的创业建设家园的光辉历程。当年,我们是乌发青年妙龄姑娘,我们来自四面八方,南腔北调和谐地唱出军垦战歌。我们是天底下特殊的群体,拿起枪就保家卫国,放下枪则开荒造田囤积粮仓,每人节约一顶军帽就可以建起一座工厂。铁打的营盘钢铸的劲旅在这里写下激越的诗行,不信你看,塔里木准噶尔……到处都有绿色的长城,防风御沙护卫绿洲家园,高歌着祖国繁荣的明天。

二

"高楼大厦平地起

戈壁滩上建花园

……"

自己的梦想能在自己的手里变成现实,恐怕是人世间最幸福的事啦!昔日住地窝子、干打垒土块房的农场人,对于今日能住进小楼房,住进"前有院后有圈中间夹个小宫殿"的小康庭院的感慨,是城里人所体会不到的。昔日农场人为了节省那有限的财力,让干打垒的土块房大房结小房像那躺倒的楼房,如今改革的时代躺倒的楼房竖起来,门前渠水绕墙过,鹅鸭成群农家乐,房前楼后棉花白,无限诗意进农家。改革开放二十年给兵团农牧场经济发展带来了无限生机,实践一次又一次的验证了邓小平建设有中国特色社会主义理论的现实意义。自从有了党的富民政策,咱们兵团人抓住了历史给予我们的机遇,产品跟着市场走,效益紧靠管理行,大胆调整农业结构,科学培育新的经济增长点,推出了"一黑一白"战略,使棉花栽培成了咱们兵团的支柱产业。今年又是一个丰收年,银海的情思让兵团人激动自豪。

今年的十月正是棉花争相盛开的季节,银花朵朵簇拥着一个共同的心愿:祝福你——祖国。

三

这是一片神奇的土地

这是一方肥沃的疆域

让无数兵团人爱你、恋你、怨你又离不开你。复杂的情感总是缠绕这块辽远的土地,宽广的胸怀接纳万千情结,共同创造一个银白的童话世界。

一位已退休了的上海老知青,把家从农场搬回了上海,在上海生活了一年多,于今年金秋银花盛开的季节又回到了农场,他说在上海生活的日日夜夜,心里总觉得像丢了什么东西似的不踏实,童年的伙伴已成为白发人,戏称他是新疆兵团人,最后他悟出了,他的根在农场,于是他决定回来。临行前他对伙伴们说,叶落要归根,伙伴惊叹不已,"你疯了"……如今,他每天都要到棉田里乐呵呵地帮助连队里拾棉花,经常到他开荒、种植过的地里看一看,像呵护自己的子女一样望着这里的林带、条田。他说明天是共和国的生日,是他四十年前入党宣誓的日子,他要以参加摘棉花这一形式来纪念这个特殊的日子。

啊,兵团人!总在唱那唱不厌的拓荒曲,无数次地摆出夸父的雄姿,一次次将海市蜃楼化为现实。啊,兵团人,总将那一腔爱的热血,洒向那最后的荒原,为共和国生日绘出五彩的霓虹。

我想有个家

搬家。

妻在忙着收拾乱七八糟的杂物。

三岁的女儿在忙着收拾玩具和小人书。

我在收拾我的书和文稿。

妻子脸上的表情像霜后的菜地,虽然一声不吭,但我还是能从她脸上读到一些怨气。妻子跟我结婚八年来,从没过上一天舒坦的日子,八年来搬了五六次家,先是从内地搬到新疆,后来又因为没有房子,今年住这里,明年又要到另一个地方租房子。向机关申请要房子吧! 又是一个小字辈,一年半载还轮不上,自己建房子吧! 又没有经济基础。

"我想有个家,一个不需要多大的地方……"女儿天真无邪地唱着从电视上学的歌。唱者无心,听者有意,我心里有一种说不出来的感觉。一个男人最大的悲哀莫过于养活不起妻子和孩子。"家"这个词,我既熟悉又陌生。

好不容易有了一间住房,妻子满面春风,女儿高兴得又蹦又跳,从房里跑到房外,我心里长长舒了一口气……

俗话说,在其位谋其政。对我这个小小的新闻干事来说,踏踏实实地干工作,争取多发点稿件,加大对内对外的宣传力度,增加单位的知名度,是本分也是我应尽的职责。工作一旦出了点成绩不但领导赏识,自己脸上也光彩,同事朋友面前也有个让人评头论足的小资本。人吗! 难免有些虚荣心,是人人皆知的,也是人人不愿意说出来的。可事与愿违,人说文人个个是"烧子",能吹能侃。嘴上吹不算,报纸、杂志、电台上也乱侃。人嘴两片皮,你爱咋说咋说去吧! 反正成绩干出来了,大报、小报都得了奖,单位的知名度也提高了。领导肯定高兴，自己心里也踏实了。

人挪活，树挪死，走吧！换个单位也许会好些。

夫妻分居半载，听说分到房子一家人又要团圆了，妻子脸上笑成了一朵花，女儿在我脸上吻来亲去……

虽然给分了两间旧房子，也挺整洁、宽敞。一家人从没有过的高兴……可一些不尽人意的事情让人恼火。刚住进去两天，原来的老房主与单位之间发生了房产权归属纠纷，单位只好又找了两间库房让我搬进去，想不想搬不是自己所能决定的事情。可妻子呢？毕竟是妇人之见，泪水涟涟哭个没完，认为刚搬进来，又要搬出去存心整人。骂我这种男人没本事，嫁给我到处受气，哭闹到半夜。本人虽然窝火，但还得忍着，劝说了好一阵，当时的架势当孙子都可以，妻子这一关过了，第二天还得搬家。

又到了一个新家，女儿不愿进房子说房子又脏又黑，一个劲地哭叫"爸爸咱们回家吧！"我一阵心酸，回家，回哪儿？

房子又暗又矮，墙壁还透风，虽然才是初冬天气，炉膛内一个劲儿烧火房子还是冷。到了夜里，房子里越来越冷啦，一家三口挤在一张床上还是冷。夜深人静，老鼠便从墙角的洞里钻出来，乱蹦乱跳，吓得妻子女儿不敢入睡。

身处异乡这么多年，我自称是条硬汉子，今天看到妻子、女儿蜷缩在房子里又冻又怕的样子，真想流泪……

第六辑:文明的碎片

在龟兹故国的土地上行走

　　走进那片闪耀着龟兹文化的土地，我便产生了一种对西域文化、对龟兹文化、对佛教文化的虔诚和厚重感。我很难想像出一千多年前龟兹古国的繁华程度，这个绿洲上的古国，在当时西域36国中是泱泱大国。在库车、拜城、新和等县的境内，东西绵延250公里的天山南麓一带，有一个600个石窟组成的石窟群，这是古西域龟兹国在繁华谢幕之后，留下的多民族、多文化交流的遗存。

　　公元一世纪前后，佛教经丝绸之路传入西域。龟兹国好佛教，使这里成为西域佛教和佛教艺术的中心。各路僧侣来带这里，凿洞开窟，塑佛尊佛，诵读经书，祭祀神灵。

　　从佛教石窟艺术的地域流传来看，以克孜尔干佛洞千佛洞为代表的龟兹石窟，是佛教文化东渐的"中转站"。它西起印度、阿富汗石窟，东至我国的敦煌、麦积山、龙门、云岗等佛教石窟。

　　从龟兹石窟残存的壁画来看，那飘逸的舞姿、雍容华贵的佛像，以及大量的裸体绘画艺术来看，明显受到中原文化丰富的艺术滋养，同时又容纳了古印度、希腊的绘画艺术的影响，逐渐形成了自己的风格。

　　龟兹作为丝绸之路上的重镇，位于天山南麓，塔里木盆地的北缘，古代西起巴楚，东至轮台，南邻塔里木河。龟兹这个名称一直沿用到公元九世纪，直至回鹘人从漠北迁居此地后，才把这片土地叫做"库车"。

　　"龟兹"这个词最早出现在《汉书·西域传》。在现在的词典中，"龟"字读为"丘"，只用作汉代西域国家的名字。

　　龟兹，在当时作为西域的大国。汉史上载：王治延城(今库车)，户六千九百七十，口八万一千三百，胜兵二万一千。这个国家的历史十分悠久，自

165

汉初其国名开始见诸中国史书。印度和希腊的文化通过商道越过昆仑和帕米尔高原后，在这片土地上融合。

一个以佛教为信仰，以小乘佛教为基础的佛教文化盛传的国度，其最具说服力和感染力的证明就是，如今那保存完好的龟兹石窟艺术。

龟兹石窟始建于公元三世纪，止于公元十二世纪，早于莫高窟二百余年。现存的龟兹石窟有拜城县的克孜尔石窟、台台尔石窟、温巴什石窟，库车县的库木吐拉石窟、克孜尔尕哈石窟、森木赛姆石窟、玛扎托伯赫石窟、苏巴什石窟、阿艾石窟，新和县的托乎拉克埃肯石窟，历史上属于龟兹的温宿县沙依拉木石窟、喀拉玉尔滚石窟等。经过调查统计，目前龟兹地区保存有窟型的石窟总数可达六百余个，比莫高窟已经编号的492个洞窟还要多。有人称他为"第二敦煌莫高窟"，可是它的历史远远排在了敦煌莫高窟的前面。

龟兹与敦煌，是丝绸之路上一对相互辉映的明珠，创造了人类文化史上举世无双的辉煌。很长一个时期内，龟兹的名气远远小于敦煌，那只是因为"养在深闺人未识"。而今，龟兹石窟艺术正一天天展露它的魅力。

关于克孜尔千佛洞的诞生，还有这样一个美丽的传说。龟兹国王有一美貌如花的公主，她心地善良，被国王视为掌上明珠。龟兹城外有耶婆瑟鸡山，每年花开之时，飞鸟走兽穿梭其间，是公主喜欢去的地方。公主善骑好猎，在山上打猎摆脱了宫中的烦闷的生活。一年春天，公主刚一进山，就发现一只野兔跳跃着、奔跑于山间的丛林之中，公主催马扬鞭地前去追赶，将随从远远地抛在了后面，在追赶野兔时公主不慎坠入悬崖。

当公主醒来之时，发现自己躺在一个年轻的小伙子的怀里。小伙子是个猎人，世居山林，当他看到有人坠崖时，不顾自身安危，飞身相救，公主得救了，年轻的猎人却受了重伤。醒来后的公主不但没有感到尴尬，反而被这位年轻的猎人的义举所感动，同时猎人的英俊潇洒使她怦然心动。猎人将公主扶上山崖时，随从们也相继赶到，公主只好泪眼脉脉含情与猎人依依惜别。从此，公主就经常上山打猎，来到与猎人相遇的地方。她每次上山，年轻猎人也恰巧在这一带打猎。渐渐的两人相互产生了爱慕之情，后来发展到如胶似漆。这时，公主就鼓励猎人到王宫求亲，终于有一天，猎人带着礼物进宫向国王求亲,请求把公主嫁给他。

国王看着眼前这位贫贱的猎人感到很吃惊,心想说什么也不能把自己高贵的女儿下嫁给这个穷小子啊!他转脸看着眼泪汪汪的女儿,为了不刺伤女儿的心,国王心生一计:如果你真爱我的女儿,那就用你的勇气和真诚来证明吧!你只要能在耶婆瑟鸡山开凿一千个石窟供佛,我就答应你娶走我的女儿。

年轻的猎人,当日就雄心勃勃地进了山。为了要娶回自己心爱的人,猎人日夜不停的开凿石窟。当他在绝壁上开凿完第九百九十九个石窟时,年轻的猎人积劳成疾,累死在石窟里。公主闻讯赶来,拥尸而泣,悲伤至极也一命呜呼!

这个凄美的传说给石窟群蒙上了悲剧的色彩,史料记载佛教石窟最早的开凿是在印度南部,后来逐步地往东传播,克孜尔千佛洞的开凿是佛教在龟兹绿洲的见证。而且,龟兹国的达官贵人、黎民百姓也有着乐善好施,人心向佛的习惯,因此龟兹就成了一个佛国。

龟兹国多年以来信奉小乘佛教。小乘佛教的教理是,只有通过个人长期不懈的努力修行,积累功德才能修炼成佛。小乘教地位很高,又称为上座部,它保存了早期的佛教教理,把释迦牟尼当成惟一的教主,侧重于个人的自我解脱,张扬通过个人修行,免掉轮回之苦。于是,这里的石窟绘有举世无双的佛本生故事,即佛在得道以前的在无数世界里的表现。从表象上看,这些佛本生故事是依据佛经绘制的,但实际上原本流行于印度、中亚一带的寓言故事。不过,它基本用来阐明表现佛教的教义和佛陀为了普救众生舍生取义的精神。单从艺术的角度来讲,已经达到很高的境界,其艺术感染力是空前的。

龟兹国自从有了鸠摩罗什大师,开始树立起大乘教的教理。如今鸠摩罗什大师的青铜像还在克孜尔千佛洞前。大师坐在1.05米的花岗岩石头座上,座垫是莲花形状。大师左脚撑起来,右脚斜放于座垫之上,右手倚右膝,手掌自然下垂,手指修长,双眼紧闭,头颅端正。铜像充满了神秘和虔诚,大师好像在佛的世界里苦思冥想。

334年,鸠摩罗什大师出生于龟兹国,其父亲曾经是天竺国的宰相,天

167

竺国灭亡后举家迁居龟兹,龟兹国王赐王妹与其成亲,后生下鸠摩罗什,鸠摩罗什7岁时就随母亲在本地出家,九岁学习《阿含经》是小乘佛教。曾经到疏勒(今喀什)从僧佛陀舍马学习大小乘经,并且博学佛教以外的学问和法术,在这期间他遇到了大乘教的名僧须利耶跋摩和须利耶苏摩兄弟,从此开始了学习《中论》《百论》《十二门论》等经论,对大乘教产生了极大的崇拜。

后来,鸠摩罗什大师被龟兹国王封为国师,他的名气也在西域诸国越来越大,西域诸王每次来听鸠摩罗什大师讲经时都跪着,从此他的的名声从西域传到了中原。

鸠摩罗什要将印度佛教的梵文同时翻译成龟兹文,还要翻译成汉文,精确并且富于韵律,如同音乐一般。显然,借助音乐的做法很符合当地的实际特点,对宗教而言,它易于人们接受与记忆,进而也便于传播。这些汉字的佛教典籍通过丝绸之路的商队或东去僧侣传至中原地区。

一天,唐玄奘法师去印度取经路过龟兹,这里的音乐给他留下了深刻的印象。他在《大唐西域记》里写道:龟兹国在演奏管弦伎乐方面的水平是最高的。

一件从苏巴什寺院遗址出土的舍利盒上面,绘制了25个半人半神的形象。盒子是用来盛放一位高僧的骨灰的,围绕圆形的盒子画着一支天国管弦乐队。乐手们手持的乐器种类在当时的龟兹乐舞中可能是最常见的,因为有这些动听的音乐,天国才一定更美妙吧!

在龟兹,无论绘画的风格如何改变,音乐和舞蹈总是不可缺少的。许多种乐器和舞姿,从龟兹壁画创作的一开始就出现在石窟里面。音乐和舞蹈为人们描绘了天宫美妙的情景,画师们借助世俗间的乐器和演奏的形态,为膜拜的信徒营造出另一个听觉的世界。琵琶、箜篌、阮、排箫、横笛、鼓在壁画上大量出现。排箫和阮这样的乐器来自中原,横笛来自羌人地区,竖箜篌、琵琶这样的乐器来自波斯,弓形箜篌来自印度,而里拉这样的乐器又来自古代希腊。鸠摩罗什在翻译的佛教经典中曾多次提到这些乐器,也经常用音乐来解释佛经中难以领悟的问题。

龟兹的歌舞不仅风行于西域,在遥远的中原也非常著名。能歌善舞的艺人们跟随商队进入中原，那些充满了异域色彩的舞姿和曲调弥漫在京都的舞台上，并很快成为一种时尚。

在石窟的壁画中，舞蹈者身着世俗的装束，半裸或全裸。在借用道具时，一般多是旋转的舞姿，手中飞动的长巾与急速旋转的动作给人一种风驰电掣般的感受。这些壁画内容大多与佛祖涅槃的题材有关。画家们在绘制壁画时所参照的是来自西方的摹本，同时也融入了当地的乐舞成分。一种新的宗教要在一个陌生的地方传播，并取得当地人的信任，必须要与当地的文化相结合。将舞蹈与音乐融为一体的龟兹乐舞艺术，是西域文化艺术创造性最集中的表现。苏幕遮、柘枝舞、胡旋舞、剑器舞等，都是西域艺术家在吸纳了外来文化精华后进行综合融铸而成的最杰出、最独特的创新。从这些乐舞中既可以看到印度、波斯文化优美婆娑的影子，又能听到中原文化深远悠长的乐音，但它既不是西方艺术的复制，又不是中原艺术的照搬，而是经过西域艺术产婆优生优化的优良品种和蕴藏创造意识的不朽文化生命，是具有西域社会丝路风采的、宗教的、龟兹民族风格特色的全新艺术。

泥　火　山

对西部山水的钟爱，源于我对西域文化的痴爱。西部是本书，每一个章节，每一个字词都散发着它特别的诱惑力。于是，在它博大辽阔的怀抱里行走吸吮西部文明的精髓，获取大漠、山川、河流积淀成的文化光芒，是每一个无疆的行者，痛苦并快乐着的事情。

多少年来，我曾走过了西部无数的山川，越过无数条河流，也无数次地在天山南北的沙漠穿越。在激情的后面，我收获着更多滋养我精神及灵魂的东西，这正是西域这片古老土地的魅力之所在。在西域的大地上行走，我是越来越痴迷。

我曾经无数次通过影视及书籍了解火山爆发时岩浆喷发出来的威力，那股爆发力和高热能是无法比拟的，它的气势和力量是人类目前无法超越的。同时，它带来的灾难也是人类无法防治和改变的。那么，泥火山究竟又是什么样子呢？

泥火山是世界上罕见的自然景观。目前在地球上，发现存在泥火山喷发的国家有美国、墨西哥、新西兰及中国等为数不多的几个国家。目前，正在喷发的中国台湾省的泥火山，共有二十多个泥火山喷发口，喷发出的泥柱高达两米多。然而，新疆温泉的泥火山又是什么样子呢？那一带的温度高吗？人类是否能靠近呢？泥火山爆发的能量也像火山一样吗？

真正要去泥火山了，内心也是矛盾的，首先是急于看到泥火山的好奇心，其次是为自己此行的安全担忧。在当地朋友老张的陪同下，我们驱车前往鄂托克赛尔河流域。越野车绕过了几个山头，我们又步行了一段山坡后，老张指着前面说，到了，这里就是。

展现在我面前的是几个泥坑里正在冒着泥泡泡，像山里的泉眼，汩汩地向上冒，但是冒出来的不是水，而是泥浆。有的呈圆形或者呈椭圆形，形状不一、大小不一。有的已经干涸，有的正在冒涌，与想象中的火山喷发时的形态接近，但是喷发量就小的多了，完全可以说是很微弱，就像锅开了，火也小了的那种形态。而更多的是已经干涸了的泥火山口，留下了一些小黑洞，像泥鳅拱出来的窝。一个较大的泥火山口正在喷发着红色的泥浆，喷发出来后形成了一个较大的泥潭，泥潭中央正在喷发出来的泥浆形成了一个泥浆波纹，就像水中荡起的涟漪。

在一个山坡上，我们听到了"咕嘟""咕嘟"的声音，像浓稠的饭锅发出的声音，我们顺着声音走去，眼前出现了一个很大的泥火山口，实际上像个面积较大的泥坑，每隔几秒钟，就"咕嘟"几声，接着激起的泥浆就涌了出来，向山坡下流去。我试探着将手伸过去，抓起了一点泥浆，感觉凉凉的，有些油滑。有关专家分析，温泉泥火山是处在弱势时期，喷发出来的泥浆是常温状态。在那一带的山坡上，我仔细数了数，大约有近五六个正在喷发着的泥火山口。喷发量最大的泥柱高度接近两米。温泉泥火山，当地人称之为"护肤泉",用泥火山喷出来的泥浆糊在皮肤上能够美容护肤,所以每当旅游旺季许许多多的人将泥浆带回去,有的还赠送好友。

泥火山究竟是怎样形成的呢?有关专家介绍说,大约在一百万年前,在地壳压力的作用下,地下水、气体及松软的岩层混合形成泥浆,撞破了第三纪泥岩,沉积的混合物沿着地壳运动造成的断层间喷发到地面上,就形成了泥火山。

这是鬼斧神工的结果,是大自然留给人类的绝笔和神奇。

文明的碎片

在新疆辽阔的疆域上,有许许多多的自然现象和自然景观至今无法用科学的方法来解释它。它们的存在不但使新疆广阔的土地更加神秘,而且积淀出西部厚重的历史地理文化的品味,让人们去永久地咀嚼。

在夏季,我随一位摄影艺术家朋友游走在阿拉套山脚下的草原上,一路上我沉浸在一个古老的游牧民族用石头表达愿望的文化氛围中。一个个站立着栩栩如生的草原石人,从遥远的年代一直屹立到今天,仿佛在无声地诉说着辽阔的草原上游牧民族心灵的图腾。

这些石人大都以仗剑或执刀的形象,彰显着突厥人尚武好战的民族个性,即使死后也想让自己的形象及灵魂再图腾,这就是草原石人从久远年代站立至今的初衷。

近一个世纪以来,中外的考古工作者对草原石人进行了广泛的研究。他们从研究中得出结论,草原石人是西欧大草原上一种重要的文化遗迹。

在新疆的天山、阿尔泰山,东至蒙古国、南西伯利亚草原,向西穿越中亚腹地,至黑海里海岸的广阔的草原上都有石人的出现。石人的存在虽然不分国籍,但它是伴随着草原而存在的,成为北方草原上奇特的人文景观。这就充分地说明了，草原石人是游牧民族的精神图腾。

新疆石人的存在，很早以前就引起了人们的注意。早在上世纪20年代初，一支由中国和瑞典科学家组成的西北科学考察团，在乌鲁木齐柴窝堡附近就发现了石人，这是第一次由科研组织对外界公布新疆发现草原石人。

到了70年代初，新疆进行了一次大范围的文物普查工作。这次文物普查期间，在博尔塔拉蒙古自治州温泉县发现了一批石人。这些石人都有一些相同的特点，仗剑而立面视东方，迎着太阳，其身后大都有一座石砌的古墓，看上去好像是墓主人的卫士。

然而，草原石人的真正主人是谁？一直是困扰考古工作者的一个大谜团。考古工作者在无数次考察中都没有证据证明草原石人属于哪个民族？现实生活中，在石人出现的广大区域生活的游牧民族有哈萨克族、维吾尔族、蒙古族等，可是这些民族从古至今都没有在草原立石人的习俗。考古工作者们认为，要想搞清楚草原石人的真实身份，还必须追溯到生活在这一地区的远古部族，如匈奴、突厥、回鹘及蒙古族的一支土尔扈特部落。尽管如此，这些也只是分析或者是合理的想象。

中国西域考古学家黄文弼先生分析认为，草原石人是突厥人的可能性比较大。一般的突厥人死后葬于石棺中，按他们的习俗，不但在墓前立石刻雕像作为纪念标志，还要在周围建筑木结构的祭奠堂，刻画墓主人的人像及他的战争经历。由于岁月的流逝，风雨的剥蚀，木结构的祭奠堂已经化为腐朽，只有石人还站立在石墓前。

"于墓所立石建标"，这是《周书·突厥传》中记述突厥人死后，有古墓地立石人的习俗。现在发现的突厥石人身后，基本上都有石墓的存在。基本上可以判断，这是突厥人刻的墓主人的形象。而在《隋书·突厥传》中也有记载，突厥人生性习武好战，死后要"图画死者形仪日其生时所经战阵之状"。

还是在上世纪70年代那次文物普查中，文物工作者发现了一个古墓群——"切本尔切克"古墓群，这个古墓群前就有五尊石人仗剑而立。这些石人都是由黑色的岩石雕成的，石人的脸面和眼睛均为圆形，面部还带有三角形的纹络。

在后来的文物考古工作中,考古工作者先后又发掘了三十多座古墓。在出土的文物里有一种橄榄形的陶罐,上面的弧线纹呈水纹样,专家们把它们叫做"卡拉苏克文化",而卡拉苏克文化是出现在公元前1000年间。而突厥人生活的年代是隋唐时期,两者之间相差1000年左右,这样推断石人就不是突厥人了。那么,黑色岩石的雕像是什么人?《庄子·逍遥游》中记载,阿尔泰山下有个"穷发国",居住着一种"秃头人",这实际上有可能是哪个民族不留发的习俗。而现在存在的草原石人特点,头顶是圆的,没有刻下留发的痕迹。古希腊史学家希罗多德的文献《历史》中记载:秃头人长着"狮子鼻和巨大的下颚",这与蒙古人种有些近似。

所有这些也仅仅是分析和推测。

草原石人无论是何人种,是属于哪个民族,他们都是草原文化的奠基者。他们的游牧生活、迁徙生活、战斗历程都是草原文化的绝妙的一笔。他们书写了历史,他们用灵魂继续图腾着草原民族的英雄精神。

守望阿敦乔鲁

阿敦乔鲁,在察哈尔蒙古牧民的心中是永远的圣地,静静地卧于温泉河右岸的一大片坡地。

母亲石、岩画、草原石人以及古墓群成了牧民心中的精神图腾。行走在这片土地上,一种庄严肃穆从心底油然而生,再加上冬日里冷风带来的萧杀之气,我产生了一种说不出的空旷和神秘之感。

远远望去,它们像埋伏于此的千军万马,只待将军的一声令吼,那将会是万马嘶鸣、杀声冲天的壮观的场面。各种黑褐色的石头,形态各异,像草原奔驰的骏马,似行于戈壁的骆驼,如赶着羊群的牧民以及他的羊群。

千言万语,凝固成了一个永久的守候和一个千年的诺言。

此时无言,似万丈雷霆。

此时有声,太阳的问候。

母亲石上飘着的哈达,被风吹雨淋日头晒旧,又换上了新的。虔诚的人们走了一拨,又来了一拨。都是为了心中那份慰藉和像草原上的青草一样,涌动着的信念。

我是奔着这片土地的神秘一路走来的。

与戈明是不期而遇的。他远远地望着我这位不速之客,走走停停,不停地用眼睛说话,探寻着我每一步的行迹。

戈明是查干屯格尔乡图尔根村的牧民,他们一家三口是在一年前来到这里居住的。来到这里居住的目的就是为了守望这千年一叹的阿敦乔鲁。

戈明是位三十多岁的察哈尔蒙古汉子。也许是在戈壁、草原上独处习惯了,他的话语很少,我与他的交谈,基本上是限于一问一答,中间还需要翻译的帮助。话却很热情,请我们到他房子里做客,不停地给我们倒茶。

他从小时候就开始在这一带放羊,这里的山山水水、一草一木他都熟悉得像数自家的东西。他喜欢上了这片土地,于是他就成了这片土地的守望者。

凝固与燃烧

温泉县的朋友说,鄂托克赛尔泉离天很近,在海拔3397米的山上,所以叫作"天泉",距离温泉县城七十多公里,以前路不好走,几乎是"藏在深闺人未识"。这里开发得比较晚,前些年一直没有一条像样的路,一般人很难进入。近几年,政府才投资整修、拓宽了通往天泉的道路,来天泉的人才逐渐多了起来。

我去的时候是在2月中旬，太阳高高地照着，感觉天气很好，但是，这里的温度还在零下16度左右，可以说是寒意袭人。鄂托克赛尔河上还是厚厚的坚冰，冰下的河水在叮咚地流着，整个鄂托克赛尔河流域生长着许许多多的野生胡杨、白杨，有的高大挺拔、笔直向上，有的枝蔓错结，有的落净了叶子，挺立在河岸边，像是冻得瑟瑟发抖的样子。

我的朋友赛杰克说，这个季节几乎没有人来天泉的。往年冬天山上雪大、路滑，行车很难，今年山上的雪小，路上还好走一些。来小温泉最好的季节就是现在，在寒冷的季节去体味火热的温泉，是火热和寒冷的两重天。

这个时候，"天泉"只有那木斯拉一户人家守候在这里了。"天泉"附近是温泉县的夏草场，伊犁哈萨克自治州的部分冬草场也在这里，因为远在山里交通不便，牧民看病成了大问题。1985年，温泉县医院在"天泉"设立了一个医疗点，每年夏季派医务人员对牧民开展巡回医疗。秋季牧民转场之后，"天泉"的洗浴、医疗、住宿设施还需要人管护，那木斯拉作为县医院职工，从那时候起就成了"天泉"的"常住人口"。

那木斯拉刚和妻子到"天泉"的时候，还没通车。从县城到"天泉"，中间有70公里山路要靠骑马。没有电，夜里照明靠蜡烛，吃的蔬菜基本上是土豆。

当时的"天泉"设施简陋，只有几间木头房子。最近几年，温泉县先后两次投资，对洗浴中心和医疗点进行修缮，使"天泉"的接待设施有了很大改善。2005年，通往"天泉"的公路也修通了。

2003年，县里在"天泉"安装了太阳能设备，照明问题基本解决了。那木斯拉自己还买了一台电视机和VCD，从此"天泉"的夜晚不再寂寞。那木斯拉为人善良，天性厚道。无论是本地的蒙古族牧民，还是伊犁来的哈萨克族牧民，或者是从乌鲁木齐等地远道前来治病的群众，那木斯拉都热情接待，力所能及地给予帮助。前来治病者有的经济条件不好，而且需要住上十天半月，那木斯拉就为前来治病的人免费提供奶茶，卖给治病群众的羊肉价格都低于市场价。

那木斯拉对我们的到来很惊喜,因为好久没有人来了。

与天泉相伴随的,还有一座小庙。据县志记载,数百年前,准噶尔蒙古贵族夭吾贡米日根来到此地,发现了天泉,经洗浴后认定此泉:"凡抱疾者饮浴此汤,无不效验。"并用石头垒池供本地人使用。

随着天泉的闻名,前来洗浴治病的人越来越多,便有人在泉眼上修建了一座小庙,供人祭祀祈愿,感谢上苍赐予这神灵之泉。

小庙里终年挂满了洁白的哈达,周围的牧人们家里人有了疾病、灾难,或者求子祈福,都要到这里祭拜,小庙记载着岁月的沧桑。

"天泉"在一个山坡上。我们被引进了几间木头房子里,因为好久没有人进去了,显得冷冷清清的。外面的山坡上白雪皑皑,由于海拔高,这里的风很大,让我们感觉非常寒冷。

每一间木头房子里,都有一个木头做的方形盆子,恰到好处地镶到与地面平行的地方。

房子里没有暖气依然很冷,我的担心被赛杰克看出来了,一会把"天泉"水放进去,房子马上热了。

泉水含有碳酸盐、硫磺、碘、钙等矿物质,水温高达63度,在温泉著名的三个泉中温度最高,一般人难以承受"天泉"这冰与火的感受。泉水放进去大约20分钟后,温度稍微降下了一些,我这才进到了池中。

有人说天泉的水看起来静静的,但是一接触到她,就会感到那种炽热,就会让你领略到她那火的性格、烈酒般的品质,所以说天泉是"热烈泼辣的少女"。

天泉是有灵性的。那年的冬天,一位从南疆来的维吾尔族巴郎来到了天泉。当时他双腿瘫痪,久医无效,只能坐在地上一点一点挪动,样子很是凄惨。

天泉守护人那木斯拉每天背着他在泉水中浸泡治疗,帮助其推拿按摩。

经过一个月的精心治疗,泉水让巴郎再次站立起来,焕发了青春活力。

神奇的泉水,让人遐思如泉。泉水似神医?是个永远的谜。

离"天泉"不远处，还有"健胃泉"、"明目泉"，泉水都洁净清澈。顾名思义，她们有着魔法般的奇效：一个泉可以强身健体、医肠治胃，一个可以帮助人们洗去眼睛中的污秽，重现光明。

亦真亦假，没有人去探究。传说是美好的，人们善良朴实的愿望也是美好的。没有什么理由比这些更重要的了。

草原石人，遥远年代的文明

为一句话流干了眼泪。

为一个诺言仁立了千年。你的牵挂依然在马背上，依然在铮铮铁蹄卷起的狼烟之中。

大爱无言，期盼无疆。

草原上的石头想说话，千言万语浓缩成无垠的青色石群以及奔腾的马群、肥壮的牛羊。

家园的意境由此而深刻，远去的亲人，你的影子渐行渐远，你的形象愈加清晰。

草原石人，你用思念和牵挂站立成永远的风景。在温泉一望无际的大草原上，石人、岩画和墓葬组成了草原文化的三大景观。

阿日夏特石人墓位于温泉县哈日布呼镇西北25公里的阿日夏特草原上，天山北支脉的阿拉套山山前的冲积扇的宽阔地带，如今这里成了蒙古族牧民冬季放牧的"冬窝子"。阿日夏特石人墓周围是半荒漠化的草原，生长着针茅、孤茅、木旋花等植被，由阿日夏特河西畔古墓群、阿日夏特科克阿德尔根墓群和阿日夏特库夏乔鲁石翁仲古墓群组成。其中前两处为自治区级文物保护单位，后一处为县级文物保护单位。分布着1479座墓葬，墓葬地表类型多样，有石堆墓、石围石堆墓、石棺墓。周围散布着15尊石人,四尊类石人,有关专家推断为春秋战国到隋唐时期的遗迹。

1996年,在阿日夏特河西畔有一个巨大的双层圆形石堆墓,附近发现了一个折断了的石人头,该头无论从造型、镌刻手法、五官比例和头顶的帽子看,均与隋唐时期的陶俑相同。该石围石堆墓顶部已凹陷。凹陷处直径15米,封堆分布着17个由双排卵石砌成的遗迹现象,双层石围之间的间距为一米。从整体看,整个石堆墓呈放射状,直径约七十米,周长219.8米,封堆高约2.5米。墓顶有很多烧结成块的油渣和窑壁。

其他墓葬散布在此墓的周围,形状不一,有大有小,最小的直径1米,保存均比较完整。在墓群东南侧的科克阿德尔根山梁上,分布有墓葬57座,部分墓葬呈南北向链状分布。其中一石围石堆墓东面正中处,立有一根高一米的石柱,有人工砌凿的痕迹,但未能刻画出人像,可能是石人的早期形制。石堆墓直径一般在五至七米不等。有的墓旁砌制一块人工制作约1米长的石板,这可能也是石人的早期形制。从墓葬地表形制看,该处墓葬可能为突厥族以前或突厥族早期的文化遗存,但也有人认为它是春秋战国时期古代塞人的文化遗存,因无出土文物未进行考古挖掘,难以定论。

在阿日夏特河东西两岸的台地上,散布有大量的古墓葬,还发现有十一尊石人。

1961年,自治区考古工作者来此处考古调查发现阿日夏特石人,石人为一件圆雕、典型的突厥石人,身高2.85米,由花岗岩精刻而成。石人身体魁梧、相貌威严、大眼、阔脸、八字胡须,颈饰项链,身穿阔袖翻领长衣,右手托杯于胸前,左手在腰间握刀,腰系宽带,腰间左侧另佩小刀,脚蹬皮靴呈八字形,面东而立。它生动反映了自公元六世纪以来活跃在北疆草原上好战的突厥贵族或武士的形象,属圆雕突厥武士石人艺术的精品,现藏于自治区博物馆。二十世纪90年代末,被文物专家鉴定为国家一级文物,从古墓中出土的文物均不在温泉县保存。

在阿日夏特草原上,星罗棋布地伫立着的草原石人男女形象各异,体现了草原部落男人是英勇善战,豪放善饮的勇士形象;而女人与男人的差别在于,女人双手交叉放在胸前,有祈福保佑家人平安之意。这些石人身高在两米以上,宽40厘米,厚度30厘米,由于积年累月的风雨侵蚀,有的已经倒在了地上,有些风化的痕迹很强。

有专家著书称,这些草原石人是隋朝或者唐朝时期生活在温泉草原上的塞族人种。

对于草原石人,还有着不同版本的说法。

远古时期,我国北方一直延续着用活人给死人陪葬的古老传统。当一位皇宫贵族死了,为了不让死去的帝王寂寞,要将他生前喜欢的奴婢和牲畜进行陪葬,后来逐渐演化成了雕刻的石人代替活人进行陪葬。

据有关史料查证,这些草原石人,在草原上已经站了一千多年了。对于墓主人的身份一些考古专家也只是推断,并不清楚墓主人到底是什么身份及下葬的时期。

阿敦乔鲁,在蒙古语里的意思是:"马群之石",这里是个古代的墓葬群,它西靠查乌苏河,北依阿拉套山,东部是一望无际的大草原。丰沛的水资源和冬暖夏凉的气候条件,使这里牧草肥美,有那种"风吹草低见牛羊"的歌唱意境,是温泉优良的牧场之一。

在阿敦乔鲁古墓群附近,除了这些栩栩如生的草原石人外,还有大量的石雕,形态各异却形象逼真,大小不一,有的几千克重,有的则重达几百吨;在形状上有的像羊,有的似马,有的如蒙古包,有的似马车。它们和谐有序地融入了草原部落的大家庭之中。

精美的石头会唱歌,草原石人的喜怒哀乐,千年不褪色。

在众多的石头中间,一块巨石高约4米,宽约3米,从颜色到形状都像女性生殖器,当地人称之为"母亲石"。据说只要你心诚母亲石是很灵验的,但凡没有孩子的人前来母亲石前祈求祭拜,来年都会喜得贵子的。

这里还有一个美丽的传说。

在很久以前一个叫特凯的人,拥有上万匹马,这些马在草原上自由吃草繁殖无人管护。特凯一个月才来巡视一次马群,因为这里水草风茂,马肥体壮,特凯无需过多地过问。时间久了,外地来了一群盗马贼闻听此事心中窃喜,这与自己家的马群没有区别,赶回家就是自己的了。可是当这伙盗马贼把这万匹马集中在一起准备赶走的时候,发现这些马只会在附近奔跑，从不按他们的方法奔跑，就这样这些盗马贼，在这里折腾了三天也没有把一匹马赶走。

这天正赶上特凯来巡视马群，盗马贼将他捆绑了起来。他的夫人也闻讯赶来，最后夫妻俩均被盗马贼杀害，万匹马立即变作了形态各异的石头，而特凯和夫人分别化作了"父亲石"和"母亲石"。

有传说，每当夜晚来临之时，在阿敦乔鲁，可以听到男人打口哨的声音，女人叫马驹的声音。这里的人们听到这些声音，并不认为那是半夜狼嚎或者鬼叫，反而虔诚地认为：那是特凯夫妻祈福于草原上牧民平安的声音。

在温泉的大草原上，无论是伫立千年的石人还是石雕动物，无论是他（它）们是为了爱情、亲情、友情、或者主仆情千百年来虔诚地祭奠，都形成了这里独特的文化个性。

一种对草原文化的陶醉和迷恋，撕扯着我去用心抚摸，每一块石头，或者一棵不知名的小草，去追逐草原远古时代的文明。

黑将军戈壁

我第一次到中蒙边界是春天。那年的五一，在朋友的邀请下，我去了一次位于中蒙边界上的兵团农六师北塔山牧场。我的朋友是这个牧场里的宣传科长，在他一次又一次的描述中，我对北塔山牧场产生了浓厚的兴趣，早就有去一次的想法，可是由于时间和交通方面的因素一直没能成行。那年五一，我一个人刚好闲来无事，没有和朋友打招呼就直接奔去了。

从乌鲁木齐出发时天气很好，心情当然也就很好了。乌鲁木齐至北塔山全程四百多公里，本来计划五六个小时就到了。出乌鲁木齐沿"吐乌大"高等级公里一路奔驰两个多小时后，就到了古城奇台，同行的哥们说，我们在奇台吃过午饭再走,出奇台就是一望无际的戈壁滩了,剩下的二百多公里路程,就很少有人烟了。

果不其然,出奇台就是戈壁滩,这里的人们叫它黑将军戈壁。黑将军戈壁位于奇台县城以北,准噶尔盆地东部边缘,原来是个人迹罕至的万古荒原。开阔的沙地上生长着红柳、梭梭和芨芨草,红黑色的石滩在阳光照射下,暑气蒸腾,经常会出现虚无缥缈的海市蜃楼。

关于黑将军戈壁还有一个美丽的传说。在唐朝时,有一位征伐匈奴的大将军率五百余名士兵与匈奴在这戈壁上展开了一场战争。战场上刀光剑影,哀声动地,血肉横飞,匈奴军队大败而逃,但是唐朝的军队也迷失了方向,几乎陷入无水的绝境。在山穷水尽之际,蓦然发现前方有一潭碧水,波光粼粼,湖边杨柳摇曳,屋舍连片,将军和士兵不约而同地向着有水的前方狂奔,但人进水退,永远无法接近,湖水隐去了,前方仍是一片赤焰的戈壁。众将士正在懊悔,突然左方又出现了海市蜃楼,湖水引诱将士们再度狂奔,最终全军俱殁于此。后人在将军捐躯的地方修了一座庙,取名"将军庙"以示纪念,并将这一带的戈壁荒滩称为黑将军戈壁。

银 牛 沟

正当我们沉醉在黑将军戈壁传奇的故事中时,天气突然变了。西北方向由明亮变得昏黄,天气由风和日丽变得狂风大作起来。刹那间,便是昏天黑地,我心中暗暗叫苦,惨了。我遭遇到了沙尘暴,此时我所处的位置已经距离古城奇台一百多公里了,前不挨村,后不挨店。面对这场突如其来的灾难般的天气,我们也只能以不变应万变,把车停在了地势较洼的地方来躲避这场沙尘暴。

狂风携带着沙尘肆无忌惮地拍打着车身,整辆汽车像一条飘在汪洋

181

中的船,在狂风中飘摇不定,所有人的心都提到了嗓子眼上,深怕汽车被狂风掀翻。我们此次北塔山之行为单车行进,一旦被风掀翻,其后果不堪设想。这一带很少车辆来往,遇到大风天气就更没有了,而且更麻烦的是在这一带手机没有信号,寻找救援都很难。幸好,我们的担心是多余的,大约半小时后,沙尘暴终于过去了。我们又开始继续上路,大概行了十几公里路,前面的路面上出现了一个沙包,挡住了我们前行的道路。这个沙包是刚刚那场沙尘暴带来的,本来是可以顺利通过的路现在被沙包堵住了,由于沙包太大,汽车根本无法通行。于是,大家集体下车拿出车上带的短把子铁锹,轮番上阵开始了"愚公移山"。这种体验真是多年来所没有的,短短的行程让我深深地感到了这里的神秘和恐怖。

出奇台县城沿古代淘金人经过的古道向东北方向行走大约一百三十公里,就是人们传说中的银牛沟了。

相传在很久以前,有一头神秘的银牛,是那位唐朝大将军的贪婪欲望所为。他在开战之前,将饷银化成一头银牛,想等战争结束后带回家乡占为己有。让他没有想到的是,正是他的贪婪毁了他自己,也毁了他的军队。如果他用这些军饷多备粮草和水,取得胜利后也不至于全军覆没。这头银牛就被留在了这里,每当夜晚来临它就发出灿烂的光芒,给那些夜行的人指引着路。

银牛遗留这里的消息,很快就传开了。天山南麓一个小村庄,连年遭灾,干旱缺水,村民想把一条河引到村庄里来,浇灌农田,喂养牲畜,可是缺少足够的财力而无法实现,村庄里的人只好流离失所,四处乞讨。村里有个叫买买提的巴郎子,智勇过人,一心想为乡亲们做点事情。听说了远在千里之外的黑将军戈壁有一个宝贝,那个宝贝就是传说中的银牛,买买提想,我如果把它带回来可以让全村人过上好日子。他把自己的想法告诉了村庄里的长者,长者们都摇头反对,远隔千山万水怎么去找到银牛,再说财富不是想要得到就能够得到的啊?尽管大家都反对,买买提还是痴心不改,一定要把那宝贝找来。出发那天,全村庄的男女老少都出来为他送行,为他准备了路上吃的水和干粮,买买提在乡亲们的泪水中踏上了寻找银牛的路。

买买提翻山越岭,穿越沙漠,风餐露宿尝尽了千辛万苦,最后水尽粮绝昏倒在茫茫的沙漠上。他做了一个梦,梦里他躺在一条河流边,潺潺的河水从他身边流过,河岸边是茂密的野果林,一位白发老人来到了他的面前说道:

"巴郎,你找宝贝真是为了村庄里的乡亲们吗?"

买买提迷迷糊糊地回答:"是啊!"

白发老人笑了:"穿过这座山前面就是你要去的地方了,那里有一条很深的沟,沟里的大石头下面有一个小洞,那里就有你要找的宝贝。"说完,白发老人就不见了。买买提一下就醒了,他醒来就找白发老人,怎么也不见踪影,但是他看到了清清的流水和飘香的野果林。

买买提用手掐了自己一下,感觉不在做梦,但是梦里的河流和野果林都在唯独白发老人不在了。他饱食了野果,饮用了甘甜的河水,按照白发老人指的方向出发了。傍晚时刻,他果然到达了那条沟,并且顺利地找到了宝贝。但宝贝不是银牛,而是一堆闪闪发光的金子。买买提把这些金子带回了家乡为乡亲们引来了河水修了渠。

这条路是通往阿尔泰山去的路。在这条路上走着的行人,多半是到阿尔泰山淘金的金客子们,有许多金客子知道了银牛的秘密,也起了贪婪之心,想把它占为己有。人们想找到银牛,也只有在晚上它发出光亮之时。每当有人想走近它时,它就开始向前移动,人们根本无法靠进他,最终把贪婪之人引向绝路,结果不是迷途缺水断粮而命丧黄泉,就是遇到狼群丢了性命,大凡贪心者无一生还。

其实,银牛沟所谓的银牛,是一块罕见的天外来客——陨石。这块巨型陨石在世界排名第三,体积35立方米,重量达30吨。上世纪三十年代,曾有许多西方探险家打过它的主意,但苦于搬运上的困难都未达到目的。民国时,有人曾用火攻,将其周围烧起大火,烧了七天七夜,想把它烧化分解,结果把银牛烧得灰黑一片,终未如愿。直到1964年,才由地质部门将它迁走。